여섯 영혼의 노래, 그리고 가수

여섯 영혼의 노래, 그리고 가수 5

킹묵 장편소설

초판 1쇄 찍은 날 § 2018년 6월 18일
초판 1쇄 펴낸 날 § 2018년 6월 25일

지은이 § 킹묵
펴낸이 § 서경석

총괄팀장 § 최하나
편집책임 § 이종식
편집 § 김경민

펴낸곳 § 도서출판 청어람
등록번호 § 제387-1999-000006호
등록일자 § 1999. 5. 31
어람번호 § 제1-2919호

주소 § 경기도 부천시 부일로 483번길 40 서경B/D 3F (우) 14640
전화 § 032-656-4452 팩스 § 032-656-4453
http://www.chungeoram.com
E-mail § chungeorambook@daum.net

ISBN 979-11-04-91761-5 04810
ISBN 979-11-04-91686-1 (세트)

5

킹묵 장편소설

여섯 영혼의 노래,
그리고 가수

FUSION FANTASTIC STORY

청어람

여섯 영혼의 노래,
그리고 가수

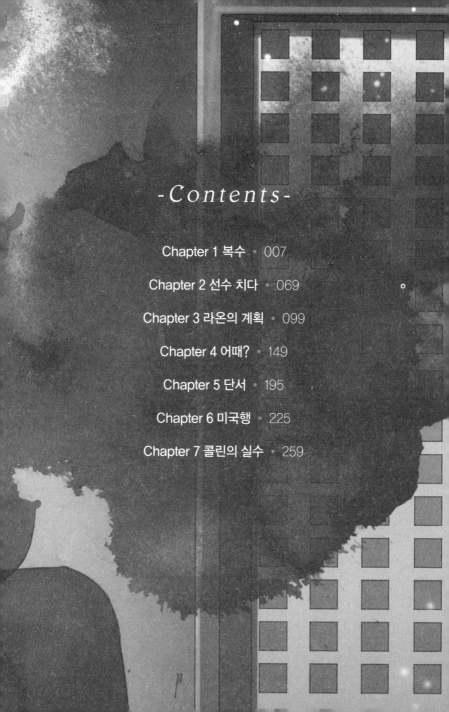

-Contents-

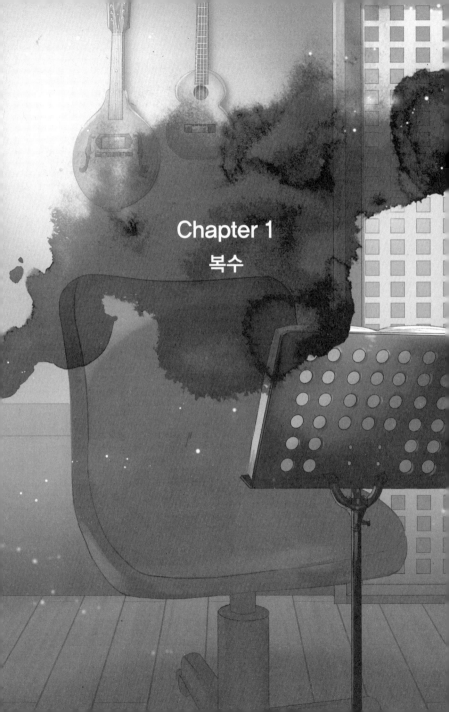

Chapter 1
복수

윤후의 작업실에는 항상 들리던 연주 소리가 아닌 대화 소리가 들리고 있었다. 기존의 세 사람에서 두 사람이 더해 져서인지 작업실은 평소보다 시끄럽게 대화가 오가고 있었지 만, 윤후는 별로 관심이 없는 듯 최 팀장이 준 일본어 책을 들여다보고 있었다.

"야, 네가 말해봐. 밴드 후가 괜찮아? 윤후와 아이들도 아 니고 말이야."

"스고이."

"야, 인마! 제대로 들으라고! 그럼 제이와 아이들은?"

"그것도 괜찮네요."

"저 봐요! 쟤는 생각이 없다니까요!"

루아의 연주 실력이 점점 늘어감에 따라 앨범 준비를 위해서는 세 사람의 그룹명이 필요했다. 하지만 정작 당사자인 윤후가 이름에 크게 연연해하지 않아 제이만 속앓이를 하고 있었다. 그때 루아가 제이를 보고 말했다.

"그쪽만 없었어도 좋겠는데."

"내 곡이다. 어디서 꼽사리 주제에."

술자리 이후 부쩍 두 사람은 티격태격했다. 그 모습을 보고 김 대표가 두 사람을 제지하고 이미 생각한 이름이 있는 것처럼 말한 루아에게 질문했다.

"뭐, 따로 생각해 둔 이름이라도 있어?"

"후하고 루아, 그리고 관객. 후, 아, 유."

"오, 괜찮은데?"

"대표님, 저는요?"

자리에서 일어나려는 제이의 어깨를 잡은 최 팀장이 미소를 지으며 말했다.

"너도 있네. 유. 너 성이 유잖아. 괜찮은 것 같습니다. 후아유. 역시 대표님이 이곳에 오신 이유가 있네요."

"형, 왜 그래? 이름은 쟤가 말했는데."

김 대표의 모든 행동에 이유를 만드는 최 팀장이었고, 그런 최 팀장의 모습이 어색한 김 대표는 헛기침하곤 윤후를 불렀다.

"앨범 사진은 또 네가 찍을 거야?"

"그래도 돼요?"

"그래, 네가 하고 싶은 대로 해. 잘 찍는데 무슨 걱정을 하겠어."

"알았어요."

제이는 무슨 소리를 하는 건지 모르겠다는 얼굴로 대화를 듣고 있었고, 루아는 윤후가 앨범 사진을 직접 찍었다는 것을 방송을 통해 봤기에 찬성한다는 듯 고개를 끄덕였다.

"왜 앨범 사진을 재한테 맡겨요?"

"지금까지 윤후가 앨범 사진 두 장 다 직접 찍었는데? 왜, 마음에 안 들면 말해. 스튜디오 구해줄 테니까."

제이는 자신만 모르고 있는 것 같은 분위기에 윤후를 툭 치며 말했다.

"그건 왜 네가 찍었다고 자랑 안 하냐? 너 자랑 잘하잖아."

제이가 윤후를 놀리는 말에 작업실에 있던 사람들이 동시에 고개를 저었다. 언제나 조용하고 진지한 윤후가 그랬으리라고는 상상조차 되지 않았다.

"야, 재가 무슨 자랑을 해? 말 같지도 않은 소리를 하고 있어."

"하하, 다들 잘 모르시네요. 윤후 네가 말해봐. 너 저번에 홍대 바닥에서 네가 만든 노래라고 나한테 자랑했어, 안 했어?"

사실을 말하고 있었지만 다들 믿지 않는 모습에 제이는 애꿎은 가슴만 두드렸다. 그 얘기를 듣던 김 대표도 이 중에서 윤후를 제일 오래 봐온 자신으로서도 믿기 어려운 얘기에 콧방귀를 뀌었다. 그러고는 제이를 보며 입을 열었다.

"너 촬영장 가서도 그렇게 거짓말하면 큰일 난다."

"아, 진짜 자랑했어요!"

책을 보고 있던 윤후는 고개를 들어 제이를 쳐다봤다. 갑자기 무슨 촬영을 하는지 들은 얘기가 없기에 혹시 연습에 방해라도 될까 걱정되었다. 그때, 웃고 있는 얼굴과는 다르게 엄숙한 목소리로 제이를 꾸짖는 김 대표의 목소리가 들렸다.

"은행 모델 될 사람이, 응? 그렇게 큰사람이 거짓말하면 돼?"

윤후 자신도 광고가 들어오긴 했다고 들었지만, 전부 치킨 같은 광고였기에 회사에서 거절했다고 들었다. 하고 싶지도 않았지만 하고 싶다고 했어도 회사에서 말렸을 것이 분명했다. 단지 제이가 광고 모델을 한다는 것도 신기했고, 연습에 지장을 줄까 싶어 질문을 던졌다.

"언제 촬영인데요?"

"미팅을 해봐야지. 그쪽에서 처음부터 제이를 염두에 두고 콘티 잡았다고 하더라고."

그에 잘되었다는 마음에 제이를 쳐다보자 제이가 어깨를 으쓱거리고 있었다.

"축하해요."

"뭐, 이런 걸로. 아직 몰라. 가봐야 알지."

윤후의 축하가 멋쩍은지 제이는 어색해했지만, 광고 모델이 된다는 생각에 기분은 좋은지 얼굴에 미소가 걸려 있었다.

"감사합니다, 대표님! 열심히 할게요!"

"뭘 나한테 감사해. 네가 잘해서 들어온 건데."

"하하! 이번에 잘해서 반드시 5년, 아니, 10년 전속 모델 따오겠습니다!"

제이의 당찬 포부 덕분인지 작업실 안의 사람들이 미소를 지었다.

*　　　　　*　　　　　*

숲 엔터의 본부장 엄경무는 앞에 있는 사람이 회사 대표도 아니건만 연신 허리를 굽실거리고 있었다.

"하하, 전무님, 일단 한 잔 받으시죠."

"술은 천천히 들기로 하고 하던 얘기부터 마저 하죠. 그러니까 그쪽 애들을 광고로 사용해 달라?"

"하하, 뭐 그냥 한번 봐주십사 할 뿐이죠. 10대, 20대를 비롯해 30대까지 굉장한 인기를 끌고 있는 아이들입니다. T뱅크 하면 젊은 은행, 건강한 은행 아니겠습니까? 저희 아이들이 작은 도움이라도 드릴 수 있지 않을까 해서 찾아뵈었습니다."

"그래요? 이미 다른 쪽이랑 얘기가 오가고 있는 걸로 알고 있습니다만……."

엄 본부장은 그렇기 때문에 이런 자리를 마련한 것이다. FIF도 시간이 지나면 성공할 것이 분명해 보였기에, 숲 엔터의 대표를 만족시키기 위해서는 회사로서도 이익을 얻을 수 있어야 했고, 라온에게도 타격을 줄 수 있는 것이 필요했다. 마침 숲 소속의 배우이자 T뱅크의 광고 모델이던 유병규가 모델 계약이 종료되었다는 것을 알고 조사하던 참에 다음 모델로 내정된 인물이 라온의 제이라는 것을 알게 되었다.

"하하, 그러니까 전무님을 찾아뵌 거 아니겠습니까."

아직까지는 철벽을 치고 있는 전무였지만, 본부장은 자신 있었다. 그동안 만난 PD들을 비롯해 기업의 임원만 해도 수두룩했다. 전부 처음에는 전무와 같은 반응이었기에 전혀 걱정스럽지 않았다.

"저희 아이들이 광고 모델을 하게 되면 저희만 좋겠습니까? 하하!"

본부장은 말을 뱉고는 잠시 시간을 두고 전무를 살폈다. 홍보 팀 전무라고 하면 이런 자리가 익숙할 터이지만, 내심 어떤 제안을 할지 궁금해하는 모습이었다.

본부장은 손가락 두 개를 펴 보였다.

"T뱅크에서 책정해 주시는 것에서 20%. 어떠십니까?"

"음……."

전무는 약간 놀란 듯 술잔을 매만지고 있었다. 직접적으로 돈을 건네는 것도 아니고 광고 모델료를 책정하는 것에서 20%가 다시 돌아오는 것이다. 물론 받을 때는 현금으로 받게 될 것이지만.

본부장은 전무가 고민하는 모습에 속으로 미소를 지었다. 더 고민하고 고민해 봐야 결국은 제안을 받아들일 것이다. 그리고 나면 광고비의 20%는 홍보비 지출과 투자 비용으로 책정될 것이기 때문에 투자 비용으로 나간 만큼은 'Rider'가 짊어질 것이다. 그렇다고 해도 'Rider'가 정산을 받을 수 있는 기간이 앞당겨지는 것은 분명했다. 그렇기에 회사로서나 'Rider'로서나 모두를 위한 길이라는 생각을 하고 있었다. 그때 마침 웨이터가 들어왔고, 본부장은 입을 열었다.

"일단 술부터 드시죠. 웨이터, 멤버 좀 불러와."

본부장은 룸살롱의 사장을 부르고 전무를 보며 미소를 지었다.

*   *   *

일본어 수업을 마친 윤후는 루아가 혼자 남아 연습하고 있을 것이기에 서둘러 작업실로 향했다. 루아가 연습할 때 투덜거리기는 하지만 항상 함께했던 제이가 광고 미팅으로 자리를 비웠을 것이기에 더욱 서둘렀다.

작업실에 도착한 윤후는 문을 열고 눈앞에 보이는 제이의 모습에 고개를 갸우뚱거렸다. 낮에 봤을 때 그대로 차려입은 모습으로 의자에 앉아 드럼 스틱을 돌리고 있었다.

"아직 안 가셨어요?"

윤후의 말에 제이는 돌리고 있던 스틱을 멈추고 미소를 지었다.

"안 가려고. 나하고 어울리지도 않고. 은행도 한번 안 가 봤는데 은행 모델 한다는 게 마음에 걸려서 안 한다고 그랬지. 하하! 너 왔으니까 나 올라가서 옷이나 좀 갈아입고 와야겠다. 금방 올게. 하하!"

윤후는 자신의 어깨를 두드리는 제이의 모습을 보고 생각에 잠겼다. 분명 아침까지만 해도 광고 모델을 한다고 신나했는데 몇 시간 지나서 갑자기 안 한다니 말이 안 되는 소리였다. 혹시 루아라면 알 수 있을까 해서 루아를 쳐다보니 웬일로 연습벌레가 연습도 하지 않고 휴대폰을 들여다보고 있었다.

"선배님, 어떻게 된 일이에요?"

윤후는 그제야 고개를 드는 루아와 얼굴을 마주쳤다. 뭔가에 화가 나 있는 듯 입술을 굳게 다물고 있는 루아는 말도 하지 않고 휴대폰을 보여주었다. 윤후는 휴대폰을 보고서야 제이가 이곳에 있는 이유를 알 수 있었다.

〈T뱅크! 20, 30대를 겨냥해 대세 힙합 그룹 'Rider' 모델로 발탁!〉

〈신인 광고비 최고 갱신! 대세 입증 'Rider'!〉

윤후는 기사를 읽고 제이가 나간 문을 쳐다봤다. 저 문을 웃는 얼굴로 나간 제이가 얼마나 속이 쓰렸을지 생각하니 뭔가 마음속에서 알 수 없는 감정이 일어났다. 그때, 입을 꽉 다물고 있던 루아가 입을 열었다.

"나 때문일 거야."

루아는 생각할수록 분한지 꽉 쥐고 있는 작은 손이 부들부들 떨리고 있었다.

"숲에서 그런 걸 거야. FIF도 그렇고 지금 제이 오빠도."

미안해서인지 항상 그쪽, 아니면 저기이던 호칭이 오빠로 변해 있었지만, 화가 나 있는 루아는 그런 것을 인지하지 못할 정도로 분해하고 있었다. 그런 루아를 쳐다보던 윤후의 얼굴은 평소처럼 무표정했고, 그런 상태로 작업실을 나섰다.

이런 일을 해결할 수 있는 사람이라고는 회사 내에서 김 대표뿐이라는 생각에 윤후는 옥상으로 향했다. 하지만 옥상으로 올라온 윤후는 옥탑 사무실 안에서 들리는 소리에 한참을 문 앞에 서 있다가 입술을 깨물며 뒤로 돌았다.

*   *   *

옥탑 사무실에 있는 김 대표 역시도 누구랑 전화하고 있는지 높은 언성이 오갈 뿐만이 아니라 머리까지 빨개진 상태로 화를 내고 있었다.

"지금 이게 말이 된다고 생각하십니까? 일찍 말을 해주던지, 아니면 여차해서 못하게 될 거라고 미리 얘기를 해주던지! 당일에 이게 무슨 짓입니까!"

─저희로서도 어쩔 수 없었어요. 갑자기 콘티가 바뀌는 바람에 제이 씨가 안 맞는다는 걸 저희더러 어떡하라는 겁니까. 저희 사정 잘 아시잖아요.

광고가 엎어지는 일이 없는 것은 아니지만, 그것도 미팅 당일에 일방적으로 통보하듯 캔슬 내는 경우는 없었다. 게다가 미리 입이라도 맞춘 듯 곧바로 'Rider'가 광고 모델로 발탁되었다는 기사가 쏟아지고 있었다. 미리 얘기가 되어 있는 상태가 아니라면 일어날 수 없는 일이었다. 그럼에도 모르쇠로 일관하는 말에 김 대표는 화가 머리끝까지 났다. 이미 끊어져 버린 전화에 숨 쉴 틈 없이 욕을 퍼붓던 김 대표는 숨을 몰아쉬었다.

　기쁜 얼굴로 다녀오겠다고 인사하고 불과 몇 분 후 다시 돌아온 제이가 마치 자기가 잘못해서 일이 그렇게 되어버린 것처럼 어깨를 축 늘어뜨리고 죄송하다고 말하던 모습이 잊히지 않았다.

　"이건 너무하잖아! 태워 죽여도 시원찮을 새끼들!"

　김 대표가 심호흡을 하고 있음에도 분이 가시지 않는지 담배를 꺼내 물 때 휴대폰이 울렸다. 화면에는 US방송 때문에 몇 번 통화를 했고, 이 사태를 만든 장본인의 이름이 떠 있었다.

　─안녕하십니까, 김 대표님.

　김 대표는 이가 깨질 정도로 꽉 깨물고는 화를 삭이고 나서야 인사를 했다. 하지만 전화 너머로 들려오는 목소리가 오늘따라 더욱 얄밉게 들려오는 통에 쉽사리 표정 관리가 되지 않았다.

"왜 그러셨습니까?"

—하하, 사과드리려고 전화했는데 왜 그랬다니요. 라온이야 저희와 파트너 관계로 봐도 될 정도로 돈독한 사이 아닙니까? 하하!

"파트너? 그래서 당일 캔슬 놓으라고 그랬습니까? 파트너라서?"

—김 대표님답지 않게 왜 이러실까. 이쪽에서 광고 엎어지는 건 흔한 일 아닙니까. 하하! 저희에게 운 좋게 기회가 돌아왔을 뿐이고요.

웃음소리가 김 대표의 심기를 상당히 건드리고 있었다. 단지 거의 폭발 직전에 마지막 남은 이성으로 간신히 버티는 중이었다. 그 때문인지 전화기에서는 숲 엔터의 엄 본부장의 목소리만 들려왔고, 김 대표는 전화기를 귀에서 약간 떨어뜨린 채 허공만 노려보고 있었다. 그때, 김 대표의 심기를 건드리는 엄 본부장의 말소리가 또다시 들려왔다.

—루아는 언제쯤 돌려보내 주실 생각입니까?

"루아? 루아가 물건입니까? 그리고 그걸 루아가 판단해야지 왜 저한테 묻습니까?"

—하하, 그렇습니까? 라온에서 루아를 원하시면 저희로서야 어쩔 수 없죠. 파트너 아닙니까, 파트너. 하하!

엄 본부장이 루아에게서 손을 뗄 것처럼 말하고 있지만, 김 대표는 곧이곧대로 듣지 않았다. 분명 무언가 있다는 생각에 혹시라도 놓치고 있는 것이 있을까 화를 삭이며 감정을 추스르려고 애썼다. 그때, 김 대표의 생각이 맞는다는 듯이 엄 본부장이 말을 뱉었다.

―파트너끼리 가는 것이 있으면 오는 것이 있어야 하지 않겠습니까? 하하! 루아를 라온에서, Who를 숲에서, 어떠십니까? 서로 윈윈해야 파트너 아니겠습니까?

엄 본부장의 말을 듣고 있던 김 대표는 전화를 내려 손에 들고는 가만히 쳐다봤다. 그러고는 미친 사람처럼 전화기에 대고 크게 웃기 시작했다.

"하하하하하하!"

엄 본부장은 갑자기 들려오는 웃음소리 때문인지 아무 말도 없었고, 휴대폰에 대고 한참을 웃던 김 대표는 이성의 끈을 놓은 듯 말을 뱉었다.

"어디서 스포츠맨 냄새가 나나 했더니 여기서 나고 있었네. 야, 이 개새끼야! 애들이 운동선수도 아니고 트레이드를 하자고 해? 이런 개새끼가. 그리고 트레이드할 거면 FA 풀리거든 해, 이 개새끼야!"

―지금… 저한테 하는 말씀이신가요?

"그래, 끊어, 이 스포츠맨 새끼야!"

김 대표는 너무 화가 난 나머지 끊기지 않은 전화를 집어 던졌고, 그래도 분이 안 가라앉았는지 배터리가 분리되어 내동 댕이쳐져 있는 휴대폰을 발로 밟았다.

"아오! 속이 다 시원하네!"

코를 벌렁거리며 숨을 몰아쉬고 박살이 난 휴대폰을 내려 다보던 김 대표는 그제야 정신이 돌아왔는지 한숨을 뱉고는 담배를 들고 사무실을 나섰다. 정자로 가려던 김 대표는 정 자 한가운데 벌러덩 누워 있는 누군가를 보고는 입에 물고 있던 담배를 뺐다.

"왜 여기 누워 있어?"

정자에 누워 있던 윤후는 김 대표의 목소리에 몸을 일으 키고는 물끄러미 김 대표를 쳐다봤다. 무슨 일이 있을 때마 다 담배를 피우는 김 대표이기에 손에 들고 있는 담배부터 눈에 들어왔다.

"괜찮아요. 피우세요."

"안 피워, 인마. 가수 앞에서 이런 걸 뭐 하러 피워? 너 근 데 여기서 뭐 하냐니까?"

조금 전까지 사무실에서 욕설이 들렸건만, 자신을 먼저 생 각하는 김 대표의 말이 고마웠다. 하지만 지금은 가슴에서 끓고 있는 무언가를 해결하고 싶었다.

"대표님, 저 때문에 제이 형 광고 못 한 거예요?"

"아니야. 누가 그래? 그냥 우리가 너무 안일하게 대처해서 그래. 회사 실수다."

"욕하는 소리 다 들었어요."

김 대표는 윤후의 옆에 털썩 앉으며 앉아 있는 윤후의 어깨를 툭 건드리고는 말했다.

"그런 걸 뭐 하려고 들어? 신경 쓰지 마. 너희들은 그냥 노래만 해. 하긴 너는 연기하고 싶어도 그 표정으로 연기도 못할 테지만. 하하!"

윤후는 걱정을 주고 싶지 않아하는 김 대표의 모습에도 여전히 무표정이었다. 김 대표의 마음을 충분히 알고 있었지만, 근래 들어 숲 엔터가 계속해서 신경을 거슬리게 만들고 있었다. 차라리 자신을 건드린다면 이렇게 화가 나지 않았을지도 모르지만, 굳이 주변의 소중한 사람들을 건드는 모습에 윤후는 김 대표를 쳐다보며 말했다.

"부탁 하나만 들어주세요."

＊　　　　＊　　　　＊

김 대표가 윤후의 작업실 문을 열고 들어섰다. 오늘도 윤후는 보이지 않았고, 제이와 루아만 작업실에 앉아 있었다. 아직도 윤후가 옆방 작업실에 있을 것을 알기에 김 대표는 의자에 앉으며 입을 열었다.

"윤후 재, 밥은 먹었어?"

"네. 아까 밥 먹자마자 작업실로 들어갔어요. 근데 윤후 왜 저런지 대표님은 아세요?"

김 대표도 윤후가 하는 행동을 알 수 없었다. 부탁을 한다고만 말하고 어떤 부탁인지 얘기를 안 했기에 무엇을 하려는지 감조차 잡지 못했다. 벌써 며칠이 지났건만 밥 먹을 때를 제외하고는 작업실에 틀어박혀 있는 윤후였다.

"어젯밤에도 작업실에 있던 거 같더라고요. 뭐하나 들여다보면 아무것도 안 하고 휴대폰만 쳐다보고 있어요."

다들 생각에 잠겨 있을 때 루아가 제이를 힐끔 보고는 입을 열었다.

"혹시 광고를 다시 따오려는 건가?"

"그게 무슨 소리야? 걔가 무슨 수로."

"팬카페에도 은행에서 제일 중요한 게 무엇인지, 은행에게 바라는 점 같은 거 묻고 있었어요."

루아의 말에 제이가 머쓱한지 콧등을 만지며 입을 열었다.

"아, 나 정말 괜찮다니까… 자식이 눈 마주칠 때마다 미안하다고 그러고."

제이의 말에 가만히 생각하던 김 대표는 안타까운 마음이 들었다. 자기 딴에는 제이의 일이 자신 때문에 벌어진 일이라고 생각하는 모양이다. 그래서 팬카페에다 저런 질문을 하고 인터넷으로 이것저것 알아보는 것이다.

하지만 이미 새로운 모델이 광고 미팅까지 끝나고 기사까지 나온 마당에 다시 제이가 광고 모델로 발탁될 확률은 희박했다. 그리고 아직 연예계 일을 잘 모르는 윤후라면 그렇게 생각하고 있을지도 몰랐다. 가뜩이나 엄 본부장에게 욕을 퍼붓고 난 뒤라 윤후가 할 수 있는 일은 없었다.

"윤후가 무슨 말 하면 그냥 그러려니 들어줘. 많이 속상해서 그런 모양이다. 너희들도 알다시피 애가 표정이 없어서 그렇지… 참 따뜻한 놈이야."

김 대표는 차라리 화를 참고 엄 본부장에게 부탁이라도 해야 했나 하는 생각에 씁쓸했지만, 이미 돌이키기에는 너무 늦어버렸다. 앞으로 앞에 있는 두 사람을 비롯해 회사 전체에 타격이 있을 것이란 생각이 들었다.

작업실을 나온 김 대표는 옆방에 있는 윤후의 모습이나 보고 가려고 창문을 들여다봤다. 아까까지만 해도 휴대폰만 보고 있던 윤후가 곡 작업을 하는지 헤드셋을 착용하고 모니터를 보고 있는 모습에 김 대표는 한참 동안 자리를 뜨지 못했다. 작업실 복도에 혼자 서 있던 김 대표는 힘없이 미소를 짓고는 고개를 돌렸다.

"그래, 뮤지션이면 음악을 해야지. 쓸데없는 걱정 만들어줘서 미안하다."

*　　　　*　　　　*

작업실에 있던 윤후는 생각에 잠겨 있었다. 음악 감독 아
저씨에게 작곡을 배울 때 주제를 정해놓고 곡을 써본 적은
있지만, 처음부터 목적을 정해놓고 써본 적은 없었다. 꽃, 구
름, 바람, 해, 가족 등등 눈에 보이고 느끼는 것들이었기에
느끼는 것 그대로 만들면 됐다.

그렇지만 지금 새로 쓰려는 곡은 그게 아니었다. 그래서
아무것도 시작하지 못하고 생각에 잠겨 있던 윤후는 사람들
이 은행이란 곳에 대해 어떤 생각을 하고 있는지 알아보려
팬카페에 글을 하나 올렸다.

은행이란?

단 네 글자를 올렸을 뿐이지만, 얼마 되지 않아 댓글이 올
라왔다. 대부분 영양가 없는 글이었지만 그 사이사이에 쓸
만한 글도 있었고, 그런 글 밑에 고맙다고 다시 댓글을 달기
시작했다. 그 때문인지 댓글이 은행에 대해 논문을 써도 될
정도로 자세하게 올라오기 시작했다. 수많은 글임에도 윤후

는 읽고 또 읽었다. 밥을 먹을 때를 제외하고는 덥덥이들이 올려준 은행에 관한 자료를 보고 있었다.

은행이라는 곳에 대해 어렴풋이 알 것 같은 윤후는 Y튜브에 들어가 광고들을 무작정 보기 시작했다. 오래된 광고부터 현재 나오는 광고, 심지어는 인터넷 광고까지 보고 나서야 고개를 끄덕거렸다.

"쉽네."

혼잣말을 뱉고 난 윤후는 마지막으로 T뱅크의 라이벌이자 경쟁 은행인 한국은행의 광고를 마지막으로 보고 있었다. 중년 여배우이자 아빠 정훈이 동경하는 신정은이 모델로 나오고 있었고, 어린아이부터 노인까지 나오며 쉽고 빠른 은행이라는 점을 강조하고 있었다. 그전의 광고들은 단 한 번 보고 넘겼지만, 한국은행의 광고만큼은 계속해서 쳐다봤다.

얼마나 시간이 흘렀는지 가늠하지도 못할 정도로 광고를 보던 윤후는 드디어 앞에 놓아둔 펜을 들고 종이 위에 덥덥이들이 올려준 자료 중 기억에 남는 것을 적기 시작했다. 그러고는 다시 광고를 재생시켜 비교해 가며 보기 시작했다. 이번에는 광고만 볼 때보다 더 오랜 시간이 지난 뒤에야 종이를 내려놓았다. 그러고는 무표정인 얼굴이 비장한 얼굴로 변하더니 벽에 걸려 있는 헤드셋을 머리에 썼다.

*　　　　*　　　　*

　윤후가 있는 작업실 문 앞에 모여 있는 사람들은 창문으로 내부를 살펴보며 숙덕거렸다.

　"아직도 그러고 있어?"

　"네. 어제부터 계속 저러고 있어요. 오늘은 밥도 안 먹었는데 괜찮을까요?"

　"어떻게 해야 하나. 곡 작업 중인 것 같은데, 일단 기다리는 게 맞겠지?"

　문 앞에 모여 있던 사람들은 걱정하는 얼굴로 이러지도 못하고 저러지도 못한 채 가끔씩 창문을 들여다볼 뿐이었다. 그중 제이는 자신 때문에 윤후가 저러고 있다는 생각에 미안한 마음이 유독 크게 들고 있었다. 그때, 작업실 현관 입구의 문이 열리면서 대식이 콧노래를 부르면서 들어오고 있었다.

　"다들 여서 뭣 허는 거여? 대표님은 뭣 허셔여?"

　"쉿! 조용히 말해."

　"워매? 왜 그런대유?"

　김 대표는 조용히 하라는 시늉을 하고서 작업실을 손가락으로 가리켰다. 대식은 김 대표의 손가락을 따라 창문을 들여다보고는 모르겠다는 얼굴로 김 대표를 쳐다봤다.

"윤후유? 윤후가 왜유?"

"그냥 조용히 있으라고. 자식이… 윤후 작업 중이잖아."

대식은 김 대표를 다시 위아래로 훑어보고는 작업실 문에 손을 댔다.

"인마, 그걸 왜 열어?"

"아니, 윤후가 오라고 혀서 온 건디 왜 그런대유. 알다가도 모르겠네. 야, 윤후야. 이 양반들 왜 이런 거여?"

갑자기 문을 열며 안으로 들어서는 대식이었고, 나머지 사람들은 그런 대식을 눈치 없다는 듯 고개를 젓고 있었다. 그때, 소란스러움 때문인지 윤후가 헤드셋을 벗고 뒤돌았다. 그러고는 문밖에 모여 있는 사람들을 보고는 왜 모여 있는지 모르겠다는 얼굴로 쳐다봤다.

"왜 모여 계세요?"

"몰러, 뭣 허는 건지. 자, 여기. 요 앞에 문 닫아서 강유 형님네 녹음실 근처까정 댕겨 온 거여."

"강유 형은 뭐라고 하세요?"

"워매, 거까정 가서 거길 안 들렸다 와부렸네."

윤후는 괜찮다는 듯 대식이 건네주는 봉지를 들고 작업실을 나섰다. 그러고는 문 앞에 서 있는 사람들을 보고는 고개를 갸우뚱거리며 밖으로 사라졌다. 김 대표는 윤후가 나간 문을 한참 바라보고는 어느새 옆으로 다가와 같이 문 쪽을 보고 있는 대식을 쳐다봤다.

"저게 뭔데?"

"저거유? 돈까스 먹기 지겹다고 그래서유. 올 때 순댓국 사다 달라기에 사다 준 건디유."

"뭐? 그게 다야?"

"뭐가 더 있어야 돼유? 암것도 없는디?"

대식은 어깨를 으쓱거리고는 다시 노래를 흥얼거렸다.

믿을 수 있고 정직한 곳 한국은행~ 근심 걱정 없이 안전한 한국은행~ 손가락 하나로 어디든지 가능해요~ 한국은행~

김 대표는 물론이고 루아와 제이까지도 대식을 어이없다 는 듯이 쳐다봤다.

"뭐 하냐?"

"또 뭐가유? 오늘 왜 계속 이런대유?"

"아니, 왜 갑자기 노래를 부르고 지랄이야!"

"워매, 제가 또 불렀슈?"

대식은 자신이 노래를 불렀는지도 모르는지 인상을 팍 쓰 고는 한숨을 내쉬었다.

"이게 다 윤후 시끼 때문에 그려유. 아침나절부터 이상한 거 들려줘서 귀에 박혀 버렸어유."

대식의 말에 김 대표는 뒤에 있는 제이와 루아를 쳐다봤지만, 제이와 루아도 모르는 얼굴이었다. 결국 여기 있는 사람 중 아는 사람은 대식뿐이었기에 김 대표는 하는 수 없이 대식에게 질문했다.

"그게 뭔데? 광고 음악 아니야?"

"지는 잘 모르쥬. 아침에 3층 올라갔더니 없길래 여기 있나 싶어 왔더만, 다짜고짜 들어보라고 혀서 들어봤쥬. 그걸로 녹음헌다고 그랬으니까 기다려 보셔유."

"녹음?"

"네. 아까 그래서 강유 형님 녹음실 스케줄 알아봐 달라고 그랬는디."

"조금 전에 네가 부른 걸로 녹음한다고 했다고?"

"참나, 내가 불렀겄어유? 오늘 왜 그러유?"

김 대표는 대식도 잘 모르는 듯했기에 손을 휘젓고는 열려 있는 작업실을 쳐다봤다. 왠지 몰래 들어가는 것 같은 느낌에 꺼려질 때, 자신의 앞을 지나가는 루아가 보였다. 그런 루아는 들어가자마자 책상 위에 놓인 종이 한 장을 들어 올렸다.

"뭐 적혀 있어?"

"가사 같아요."

김 대표는 루아 옆으로 다가가 종이를 들여다봤다. 수시로 지우고 고친 흔적이 가득한 종이에는 빨간 글씨로 완성된 가사가 보였고, 조금 전에 대식이 부른 것과 같은 가사였다.

"한국은행 노래는 뭐 하러 만들었지? 제이는 T은행인데?"

"잘못 알고 있는 거 아닐까요?"

"그나저나 이걸 만들어서 뭐 하려고?"

김 대표는 윤후의 생각을 조금도 알 수 없었다. 도대체 이걸 만들어서 뭘 어떻게 하겠다는 것인지 이해해 보려 생각을 할 때, 루아가 모니터에 보이는 트랙을 재생시켰다. 그러자 스피커에서 노래가 재생되었다. 김 대표가 듣기에도 굉장히 단순했다. 들리는 악기도 몇 가지 안 되어 보였고, 딱 동요 같은 느낌에 더욱 의문스러웠다.

"베이스, 신시, 드럼. 세 가지네. 광고 음악이 아니라 우리 노래 만든 건가? 노래는 왜 없지?"

"마이크."

루아의 말에 제이가 이해했다는 듯이 고개를 끄덕거렸다. 이곳에는 보컬을 녹음할 장치가 마련되어 있지 않았기에 노래가 없는 것이라는 생각이 들자 약간 아쉬움이 들었다. 그때, 김 대표도 마찬가지였는지 대식을 불렀다.

"야, 대식아. 이리 와봐."

"왜유?"

"아까 부른 거 불러봐."

"워매! 왜유? 거기 전직 가수까정 해서 죄다 가수 아녀유. 왜 나헌티 부르라고 그런대유?"

"야, 우린 모르니까 한번 불러봐, 인마!"

대식은 싫다며 버텼고, 김 대표를 비롯해 루아와 제이까지 불러보라며 닦달하고 있을 때 식사를 마친 윤후가 작업실로 들어섰다.

"뭐 하세요?"

"아, 대식이가 자꾸 뭐 좀 들어보라고 해서."

"제가 언제! 아! 왜 때려유!"

김 대표는 함부로 작업실에 들어와 있다는 생각에 대식에게 덮어씌우려 했고, 루아와 제이도 암묵적으로 동의하고 있었다. 그 모습을 지켜보던 윤후는 좁은 작업실에 들어찬 사람들 때문인지 문고리를 잡고 서 있었다.

"미안하다. 그냥 뭐 했나 궁금해서."

"흠, 안 그래도 보여드리려고 했어요."

윤후는 사람들을 비집고 들어가 컴퓨터 앞에 자리하고는 조금 전에 김 대표가 들은 트랙을 재생시켰다.

"그건 들어봤어."

"네."

윤후는 대수롭지 않게 대답하고서 트랙을 멈추곤 새롭게

인터넷 창을 열었다. 그러고는 한국은행의 최근 광고를 찾고 난 뒤 입을 열었다.

"아직 미디 작업은 못해서… 일단 그냥 들으세요. 맞춰서 들어볼게요."

윤후는 말을 뱉고는 광고를 재생시키고서 음소거를 했다. 그러고는 곧이어 트랙의 한 부분을 집어 재생시키고는 노래를 부르기 시작했다.

믿을 수 있고 정직한 곳 한국은행~ 손가락 하나로 어디든 지 가능해요~ 한국은행~

확실히 대식이 부른 것과는 차이가 많이 났지만, 그렇다고 대중가요라고 보기에는 어려웠기에 세 사람은 서로의 눈을 마주치며 고개를 갸우뚱거렸다. 그래도 혹시나 윤후라면 다르지 않을까 하는 생각에 화면을 들여다볼 때, 신기한 것이 눈에 들어왔다. 윤후가 부르는 노래 중 한국은행이라는 말이 나올 때마다 화면에서 배우 신정은이 엄지를 치켜세우고 있는 장면이 겹치고 있었다.

"에이, 설마……."

광고가 끝났지만 의혹이 가시지 않던 김 대표는 몇 번이나 더 불러보라고 한 뒤에야 일부러 맞췄다는 것을 알았다. 노래에 영상을 맞춘 것이 아니라 영상에 노래를 맞춰 버렸다.

그제야 루아와 제이도 알아차렸는지 제이가 윤후에게 질문했다.

"광고에 노래를 맞춘 거야?"

"네."

"미치지도 않았는데 이런 짓을 뭐 하려고 해?"

윤후는 제이의 질문에 제이와 루아를 번갈아 쳐다보고는 미소를 지었다. 그 미소를 본 사람들이 흠칫 놀랐다. 평소 가끔 웃기도 하지만 지금같이 뭔가 비열한 미소는 본 적이 없는데 지금 윤후의 미소는 이상하게 영화 속 악당 같은 느낌이었다. 그러고는 악당 같은 대사를 뱉어내는 윤후였다.

"복수."

"뭐? 무슨 복수를 해?"

그제야 윤후는 자신이 하려고 한 바를 설명했고, 그 설명을 듣는 사람들은 처음에는 심각한 얼굴로 듣고 있다가 윤후의 얘기가 계속될수록 점점 윤후와 비슷한 미소를 지었다.

＊　　　　＊　　　　＊

사무실에 앉아 있는 김 대표는 그동안 심각하던 얼굴은

어디로 가고 예전의 얼굴로 돌아와 있었다. 그럼에도 불구하고 사무실에 있는 직원들의 표정은 그다지 좋지 못했다. 직원 중 김 대표를 유심히 보고 있던 김진주가 못 참겠는지 벌떡 일어나 입을 열었다.

믿을 수 있고 정직한 곳 한국은행~ 손가락 하나로 어디든지 가능해요~ 한국은행~

"대표님, 그것 좀 그만 부르세요! 자꾸 따라 부르게 되잖아요!"

"어? 하하! 또 불렀어? 야, 나도 미치겠다. 나도 모르게 계속 나오는 걸 어떡하냐."

그때, 사무실 문을 열고 대식이 들어서자 직원들이 동시에 한숨을 뱉었다.

"믿을 수 있고 정직한 곳······."

"아, 미치겠다!"

사무실의 반응이 왜 이러는 줄 몰라 두리번대는 대식을 보며 김 대표는 크게 웃음을 뱉고 입을 열었다.

"하하, 그거 입에 달고 사네. 강유는 뭐래?"

대식도 자신이 노래를 흥얼거렸다는 것을 알았는지 미간을 찡그리고는 입을 삐죽거렸다.

"강유 형님이 절대 안 된대유. 지금 야간까지 밴드 애들 밀린 거 녹음하느라고 2주 정도는 절대 시간 안 된대유. 인쟈 대표님이 직접 전화하셔유. 하마터면 붙잡혀 가지고 일하다 올 뻔했잖아유."

"그러니까 너 보냈지. 종락이는 잘하고 있냐?"

"몰라유. 이 실장님은 계속 누구 죽인다고 중얼거리고만 있어유."

이종락이 인디 밴드를 맡아 바쁘다는 것을 알고 있는 김 대표는 흠칫 놀라고는 못 들은 척 말을 돌렸다.

"그나저나 어쩌지? 녹음실을 따로 빌려야 되나."

"어떻게… 알아볼까유?"

"그래, 그리고 킹스터는 뭐래? 된대?"

"윤후가 직접 말한다구 혔으니까 되겠쥬. 참, 그 양반네 녹음실 공사 다 혔나 모르겠네."

"그래, 뭐. 한다고 하면 내가 말한 대로 얘기하고. 언제까지 윤후더러 프로듀서 보라고 할 수는 없잖아?"

김 대표는 곡이 전부 완성되었을 때를 생각하며 무엇이 그렇게 재미있는지 환하게 웃고 있었다.

*　　　　　*　　　　　*

한 번 가본 길이라 익숙한 덕분에 헤매지 않고 킹스터의 새로운 보금자리에 도착했다. 대식은 차에 타 있는 세 사람을 보며 한숨을 내쉬었다.

"너네 둘은 술 처먹기만 혀."

"우리가 무슨 놀러 온 줄 아나. 녹음하는 거 도와주러 온 거야."

"퍽도 그러시겠네."

윤후는 차에서 내리더니 뒤의 사람들도 기다리지 않고 작은 문을 열었다. 그러고는 위층과 지하를 보고는 고개를 끄덕거리며 지하로 향했고, 윤후의 선택이 맞는다는 듯 좁은 녹음실에서는 음악 소리가 들려왔다. 녹음실로 들어서자 킹스터는 모니터를 보며 한창 작업 중이었다.

"안녕하세요."

"어, 왔어?"

킹스터의 인사를 받고는 완공된 녹음실을 쳐다봤다. 녹음 장비도 들어왔지만 믹싱 장비와 콘솔을 제외하고는 십 년 동안 모은 자신의 집보다 나을 것이 없어 보였다. 그렇기는 해도 녹음에는 지장이 없다는 생각에 고개를 끄덕거리곤 킹스터를 보며 물었다.

"한대요?"

"오자마자 뭐 이리 바빠? 일단 올라가서 얘기해."

킹스터를 따라 올라가니 반갑게 인사하는 B팀 멤버들이 보였다. 윤후의 일행도 역시 반갑게 인사하고는 숙소 안으로 들어섰다. 좁은 숙소인 탓에 윤후의 일행과 킹스터만 거실에 앉았고, B팀 멤버들은 거실과 연결된 부엌 바닥에 앉았다. 윤후가 멤버 중 한 명을 쳐다보고 입을 열었다.

"그쪽, 하실래요?"

"선배님, 네오라고 불러주시면 됩니다."

"그래요. 생각해 봤어요?"

"네. 저야 좋지만… 제가 해도 될지……."

"그쪽이 목소리가 독특해서 만들 때부터 염두에 두고 만든 곡이에요."

네오를 비롯해 B팀의 멤버들은 은총이라도 받은 듯 윤후를 경배하는 눈빛으로 쳐다보고 있었지만, 어떤 곡인지 아는 윤후의 일행은 조용히 고개를 돌리고 있었다. 곡이 부끄러운 것보다 사전에 설명도 하지 않고 다짜고짜 불러달라고 했기에 듣고 나서 실망할 얼굴이 눈에 보였기 때문이다. 킹스터 역시도 제대로 얘기를 듣지 못했기에 궁금하기는 매한가지였다.

"어떤 곡이야? 가져왔어?"

"네. 들어보고 부를 거면 여기서 작업도 마저 하려고요."

"응?"

"믹싱, 마스터링 제가 다 볼 거니까 엔지니어비 별도 아니
죠?"

녹음실이라고는 라온의 녹음실과 숲 녹음실뿐이었기에 처
음 라온 녹음실에 방문한 때를 떠올리고 말했을 뿐이다. 하
지만 윤후가 무슨 소리를 하는지 모르는 킹스터는 멍한 얼
굴로 윤후를 쳐다보고만 있었다. 그때, 대식이 윤후의 등짝
을 때리며 말했다.

"저희 녹음실이 요새 좀 바쁘거든유. 그래서 녹음실을 빌
려야 허는디. 피디님도 녹음실 허니까 온 김에 혔으면 혀서
유. 어뜨케 안 될까유?"

윤후는 자신이 하려던 말이 저 말이었다는 듯 고개를 끄
덕거렸고, 킹스터도 알았다는 듯 피식 웃었다.

"그래, 돈은 됐고, 일단 한번 들어보자. 네오야, 노트북 가
지고 이리 와봐."

B팀의 네오가 노트북을 들고 오자 킹스터는 윤후가 건네
준 USB를 꽂고 뒤에 서 있는 멤버들을 쳐다봤다. 궁금해하
면서도 약간은 네오를 부러워하는 얼굴들이었다.

"부럽냐?"

"부럽긴요, 네오 잘되면 저희야 좋죠."

킹스터는 멤버들의 아쉬워하는 마음을 모르는 것은 아니
지만 그렇게 말해주는 아이들을 뿌듯하게 보고는 윤후가 건

넨 곡을 재생시켰다. MR의 음질은 괜찮았지만 무슨 마이크로 녹음했는지 상당히 붕 떠 있는 듯한 느낌이었다.

곡을 멈추고 윤후를 쳐다보니 윤후도 이미 알고 있는지 대수롭지 않게 말했다.

"작업실에 마이크가 없어서 휴대폰으로 녹음하고 덮어씌워서 그래요."

킹스터는 그제야 이해하고는 다시 재생시켰다. 그리고 스피커에서 들려오는 노래를 듣던 킹스터는 볼을 긁적거렸다. 굉장히 기대한 탓이었는지 모르지만, 지금 들리는 곡은 무척 단순한 음과 구성으로 되어 있었다. 그동안 봐온 윤후의 곡들과 전혀 다른 느낌에 고개를 갸우뚱거렸다. 그렇게 곡을 재생한 지 얼마 안 지났을 때 가사가 정확히 들리는 부분이 있었고, 킹스터는 윤후를 쳐다봤다.

"이거 광고 음악이야? 너 광고 음악도 해?"

"광고 음악은 맞는데, 하는 건 아니에요."

일단은 마저 들어보기로 한 킹스터는 곡을 듣고 있다가 윤후의 일행을 쳐다봤다.

믿을 수 있고 정직한 곳 한국은행~ 근심 걱정 없이 안전한 한국은행~

윤후를 제외한 세 사람이 노래를 따라 부르다 말고 서로를 보며 흠칫 놀라는 걸로 보아 자신들도 모르게 흥얼거렸을 것이다. 얼마나 많이 들었으면 저럴까 싶어 고개를 저었다. 그리고 다시 곡에 집중했고, 반복된 음 때문인지 곡이 끝나갈 무렵에는 자신도 모르게 입을 벌렸다.

어디서든 만날 수 있는 한국은행~

킹스터 자신도 따라 부르고는 깜짝 놀라 윤후를 쳐다보자, 그 뒤의 일행이 그럼 그렇지 하는 얼굴로 웃고 있었다.

킹스터는 헛기침을 하고 잠시 생각에 잠겼다. 중독성만큼은 최고인 곡이었다. 하지만 광고 음악이라는 점과 자칫 잘못하면 네오가 연예계 생활을 하는 동안 평생 놀림을 받을 수도 있기에 쉽게 결정할 수가 없었다.

꽤 오랜 시간을 고민하고서 입을 열었다.

"왜 이걸 하려는 건데?"

"흠, 재밌을 거 같아서요."

*　　　*　　　*

"그러니까 쉽게 말하면 자꾸 숲이 건드려서 엿 먹으라고 만들었다는 곡이란 말이지?"

"네."

윤후의 말을 다 듣고 나서야 왜 이런 곡을 만들었는지 알게 된 킹스터는 어이가 없다는 얼굴로 윤후를 바라보았다. 불과 며칠 전에 조심하라고 그렇게 얘기했건만, 피하는 것이 아니라 싸우려고 하고 있었다. 윤후의 뒤에 있는 사람들, 심지어는 루아까지도 야릇한 미소를 띠고 있는 모습에 이미 말리기에는 늦었다는 생각이 들었다.

하지만 도저히 이해가 안 되는 부분이 상당했다. 그렇기에 조심스럽게 질문을 던졌다.

"그런데 말이야, 한국은행에서 새로운 광고를 안 찍으면 소용없는 거잖아. 그건 알아보고 만든 거야?"

"아니요. 원래의 광고에 덮어 쓸 거예요."

킹스터는 계획이 전혀 없는 것처럼 말하는 윤후의 모습에 살짝 당황했다. 아무리 봐도 그냥 무데뽀였다. 그런 식으로 건드렸다가는 절대 좋은 꼴을 보지 못한다는 것을 알고 있는 킹스터는 좀 말려보라는 얼굴로 윤후의 일행을 쳐다봤다. 하지만 여전히 피식거리는 얼굴들이었고, 그중 제이가 내려와 노트북을 만지더니 화면을 보여주었다.

"한번 봐보세요. 기가 막힐 거예요."

화면에는 기존의 한국은행 광고가 나오고 있었지만, 뒤에 나오는 노래는 조금 전에 들은 윤후의 곡이었다. 하지만 위화감이나 어색함이 전혀 없어 보였고, 지금 들리는 노래가 원래의 광고 음악이 아니었을까 하는 생각이 들 정도였다.

"이거… 맞춘 거야?"

"네."

"하, 그럼 중간중간 화면하고 노래랑 맞추려고 리듬 변화시킨 거고?"

"네. 이상해요? 그럴 리 없는데. 다시 들어보세요. 싱커페이션으로 중간중간 생략했고 레이백 때문에 오히려 곡이 더 재밌을 텐데. 영상에 맞춰서는 이 곡보다 더 좋게 못 만들어요."

"그… 래, 재밌네."

자신의 곡이 정답이라고 말하는 윤후의 모습에 당혹스러웠다. 음악에 정답은 없다고 하지만, 윤후가 저렇게 말하니 정답인가 하는 착각이 들었다. 그러고 보니 이 간단하게 들리는 음악 안에 필요한 것은 다 들어 있었다. 노래가 리듬을 미는 듯이 타고 있어 긴장감을 주고 있었고, 가사와 연주가 절묘하게 어우러지고 있었다. 게다가 간단한 악기들임에도 불구하고 비어 있는 곳이 없을 정도로 꽉 차게 들리기에 더욱 집중하게 만들고 있었다. 그리고 무엇보다 노래가 쉬웠다.

"넌… 왜 그런 재능으로 이런 거 하는 거냐?"

"해보세요. 작곡 연습하는 데 도움 많이 돼요."

킹스터는 해보고 싶지만 자신이 없었기에 허탈한 웃음만 나왔다. 그러고는 고개를 끄덕거리며 자신의 옆에 앉아 있는 네오를 보며 물었다.

"어떡할래? 네가 하고 싶으면 해."

"전… 할래요. 뒤통수치는 거라면서요. 꼭 하고 싶어요!"

킹스터는 네오와 B팀 멤버들의 모습을 쳐다보고는 한숨을 내쉬었지만, 얼굴에는 옅은 미소를 짓고 있었다. 대답을 하지 않아도 미소가 대신 대답하고 있었기에 대식은 회사에서 준비해 온 말을 꺼냈다.

"일단 노래 불러도 저작권 실연비는 못 받으실 거여유. 아예 무료로 풀어버릴 거거든유."

가수가 받는 저작권 실비라고 해봐야 얼마 되지도 않았기에 처음부터 그 부분은 생각도 안 하고 있었다. 하지만 새로운 둥지를 틀고 나서 첫 번째 작업이 무료라고 생각하니 약간은 아쉬운 마음이 들었다.

"섭섭해하지 마셔유. 이거 한국은행에서 쓴다고 하면 저희도 무료로 넘길 거여유."

"섭섭하긴요. 하하!"

"그리구유, 피처링 비용을 말여유, 대표님이 그러는디 점마

들 나중에 앨범 준비할 때 라온 연습실을 쓰는 걸로 대신하면 어떻겠냐고 그러더라구유."

"네?"

받을 생각도 없던 피처링 비용이건만 뜻밖의 제안이었다. 지금 킹스터의 입장에서는 그 무엇보다 필요한 부분이었다. 비록 숲보다는 부족할지 모르지만 지금 당장 연습할 장소도 마땅치 않아 연습실을 대여해야만 하는 킹스터로서는 감사한 제안이었다.

"그래도 됩니까?"

"그렇쥬. 대표님이 직접 말했어유."

"감사합니다. 아니지. 다음에 직접 찾아뵙고 인사드려야겠네요."

대식은 고마움에 어쩔 줄 모르는 킹스터를 애잔한 눈빛으로 쳐다봤다.

*   *   *

한국은행의 홍보 팀에 근무하고 있는 박 차장은 앞에 앉아서 웃고 있는 사람이 여간 껄끄러운 게 아니었다. 기획사의 대표라는 사람이 홍보 팀에 직접 연락을 해왔다. 작은 기획사라고 하더라도 언제 기업 홍보를 위해서 누가 필요할지 몰랐기에 함부로 대할 수는 없었다. 그리고 무엇보다 자신도 즐겨 듣는 가수 Who가 속해 있는 회사였다. 그렇기에 정중하게 대하고 있었지만, 앞에 앉은 대표라는 사람 때문에 종종 인상이 써졌다. 기분이 나쁜 것이 아니라 접대 생활을 그 누구보다 오래 해왔건만 이상하게 말을 들으면 들을수록 자신도 모르게 빠져들고 있었다.

"제가 드리는 영상 한 번만 봐보시죠. 정말 신경 써서 만들었거든요."

"계속 이러시면 곤란해요. 계약한 광고 업체에도 실례되는 일이고요. 갑자기 노래를 들어보고 바꾸라니, 어려운 말 같습니다."

"하하, 일단 영상을 보시고 광고 업체하고 얘기해 보시죠. 시간? 심의? 비용? 그 무엇 하나 손해 보지 않으실 겁니다. 저희 회사의 새로운 프로젝트 밴드 '후아유'가 직접 작사, 작곡, 편곡까지 마친 곡으로, 한 번만 들어도 귀에 쏙쏙 들어오는 멜로디의 구성이며, 정말 한 번도 들어본 적 없는 보컬의 목소리가 한국은행의 발전에 도움이 될 것이라고 생각합니다."

박 차장은 고개를 끄덕거리다 말고 마치 본사의 회의실에 와 있는 듯한 느낌에 흠칫 놀랐다. 그에 고개를 젓고는 생각에 잠겼다. 무엇인가 원하는 것을 제시하고 있다면 이렇게

의심이 가지 않을 것이건만, 앞에 앉은 사기꾼 같은 작자는
전혀 원하는 것이 없었다. 그냥 이 곡을 써달라며 실실 웃고
있는 것이 다였다. 이 자리에 더 있다가는 대답을 해버릴 것
같은 기분에 자리에서 일어섰다.

"일단 회사에 들어가서 확인해 보고 회의를 한 뒤 연락드
리겠습니다."

"하하, 그러시죠. 빠른 답변 부탁드립니다. 저희가 다른 은
행 작업한 것도 있어서 말이죠. 하하!"

박 차장은 커피숍을 나서며 뒤를 돌아 김 대표를 쳐다봤
다. 여전히 그 자리에서 일어선 채 고개를 숙이고 있는 모습
에 목덜미를 쓰다듬으며 고개를 저었다.

"그리고 보니 커피숍에서 이런 부탁 받아보기는 또 처음이
네."

*　　　　*　　　　*

본사에 도착한 박 차장은 라온의 대표가 건네준 자료를
보기도 전에 라온 엔터테인먼트의 조사를 먼저 지시하고는
하고 있던 업무를 보는 중이다. 한참의 시간이 흘렀을 때, 지
시를 한 직원이 자료를 보냈다고 말했다.

"박승일 차장님, 자료 메일로 보냈습니다."

"어, 그래. 고마워."

박 차장은 한 손으로 턱을 괴고 자료를 훑기 시작했다. 꽤나 상세하게 보내온 자료를 보던 박 차장은 고개를 갸웃거렸다.

"기획사를 하면서 은행 부채가 없어? 무슨 건달 사채 쓰나? 무슨 회사가 이래? 진짜 사기꾼 아니야? 이 대리, 이거 맞는 거야?"

"네. 잘못된 거 있어요?"

"아니야. 알았어."

계속 자료를 훑어보는 박 차장은 어느덧 괴고 있던 팔을 풀고 모니터에 얼굴을 묻고 있었다. 경쟁 은행인 T뱅크의 신규 광고에 라온 소속인 제이가 모델로 낙점되었다가 얼마 전 캔슬되었다는 부분에서 눈이 멈췄다.

"설마 그래서 우리한테 보낸 거야? 에이."

스스로 생각하고도 어이가 없다는 듯 웃어넘긴 박 차장은 더 볼 것도 없다는 생각에 모니터를 끄려는데 김 대표가 마지막에 한 말이 떠올랐다. 다른 은행도 작업했다는 말이 떠오른 박 차장은 김 대표에게서 건네받은 USB를 컴퓨터에 꽂았다.

화면에 한국은행의 기존 광고가 보임에 눈썹을 씰룩거리며 피식 웃었다. 전혀 기대감 없이 영상을 재생시키자 기존의 광고 음악이 아니라 새로운 음악이 들려왔다. 상당히 밝으면서도 쉬운 동요 같은 느낌이었고, 김 대표의 말대로 노래를 부르는 목소리가 굉장히 독특했다. 어떻게 들으면 어린아이의 목소리 같기도 하고 어떻게 들으면 또 나이 든 사람의 목소리처럼 들려와 굉장히 신선했다. 그때, 스피커에서 들리는 노랫소리 때문인지 사무실에 있던 직원들이 고개를 들고 쳐다보고 있는 것이 보였다. 그 모습에 박 차장은 잠시 영상을 중지시키고 입을 열었다.

"어떻게 들려?"

"좋은데요?"

"너무 재밌는 거 같은데요? 한국은행! 멜로디도 쉽고요."

박 차장 본인이 느끼기에도 기존의 광고 음악보다도 더 영상에 어울리는 것처럼 들렸기에 직원들을 잠시 둘러보고는 입을 열었다.

"이거 가서 회의실에서 틀어봐. 금방 끝나니까 다들 이거 보고 업무 마저 보도록."

박 차장의 지시대로 홍보 팀의 직원들은 회의실에 모여 다 함께 윤후의 곡이 나오는 영상을 보았다.

"기가 막히다. 가수가 누구지?"

"원래 이 곡이었던 거 아닙니까?"

"신정은도 노래 바뀌었다고 분위기가 좀 바뀐 거 같지 않습니까? 신기하네."

단 한 사람도 부정적이지 않은 반응에 박 차장은 고개를 끄덕거렸다. 그러고는 직원들을 보고는 약간 미안한 얼굴로 입을 열었다.

"내일 홍보 팀 전체 회의에서 전달 사항 시간에 발표해 보자. 누가 PPT 맡아서 해볼래? 이번 건 잘되면 승진 점수도 오를 것 같은데. 난 해볼 만할 것 같다."

"그런데 차장님, 영상 말고 텍스트로 된 첨부 파일에 있는 이거… 꼭 해야 되나요? 좀 그럴 거 같은데……."

박 차장은 아직 텍스트는 확인하지 않았기에 직원의 말에 고개를 갸웃거리고는 프로젝터를 쳐다봤다. 그리고 그곳에 쓰여 있는 글을 보고는 고민된다는 듯 고개를 갸우뚱거렸다.

필수 요구 조건.
광고 시작 시.
연주: 후아유 of 라온.
노래: 네오 of Dazzling.
자막으로 첨부.

박 차장은 그 밑에 있는 글을 보곤 김 대표가 떠올라 자신도 모르게 피식 웃었다. 노래를 듣고 나니 정말로 생각이 바뀌었다. 사기꾼이 아니었다. 정말 그 사람의 말대로 될 것 같았다. 지금 직원들만 봐도 충분히 알 수 있었다.

"와, 이거 중독 엄청 난대요? 계속 흥얼거리게 돼요."

"차장님, 이거 회의 올리실 때 팀 기획으로 올릴 거죠? 제가 PPT 만들게요!"

마치 기회라도 잡은 듯한 직원들의 반응이었고, 박 차장도 다를 것 없었기에 미소를 지었다.

"저 글씨는 웬만하면 작게 넣자고."

*　　　　　*　　　　　*

날씨가 제법 쌀쌀해졌음에도 불구하고 옥상 정자에 앉아 있는 김 대표는 땅이 무너져라 한숨을 뱉어냈다. 계속된 한숨에 옆에서 지켜보던 윤후가 오히려 김 대표를 위로했다.

"괜찮아요. 다른 은행 걸로 만들게요."

"아니, 들었으면 들었다고 연락을 해주던가! 하여튼 남에 돈 가지고 밥 먹는 놈들이 이렇게 시간 약속을 안 지켜!"

"언제까지 알려준다고 했어요?"

"그런 얘기는 없었지."

윤후도 내심 기대하고 있었는지 아쉬운 표정이었다. 그리고 막상 새로 작업하려니 막막했다. 그렇지만 숲 엔터에게 한 방 먹이기 위해서는 막막해도 해야 했다. 윤후는 다시 작업하러 가려고 김 대표에게 인사를 하려 할 때, 한껏 귀찮은 얼굴을 하고 있는 김진주가 옥상 문을 열어젖히며 들어왔다.

"대표님, 왜 계속 전화를 안 받아요? 어, 후 님도 계셨네요?"

"어? 전화 안 왔는데. 잠시만."

옆에 놓아둔 전화를 보니 새로 산 전화기가 아니라 기존에 들고 다니던 액정이 다 깨진 전화기였다. 어깨를 으쓱거리고는 전화기를 잘못 들고 왔다는 것을 김진주에게 보여주듯 흔들었다. 김진주는 코에서 바람을 내뿜고 있었지만 윤후를 의식해서인지 미소를 지으며 말했다.

"전화 왔어요. 한국은행 박 차장이 전화해 달래요."

"뭐? 그걸 왜 지금 말해?!"

"지금 왔는데요? 대표님 전화 연결이 안 된다고 회사로 전화했대요."

김 대표는 김진주의 말이 끝나기 무섭게 휴대폰이 있는 옥탑 사무실로 향했다. 윤후 역시 무슨 대답을 했을까 하는 생각으로 김 대표를 따라 옥탑 사무실로 들어섰다. 그러고는 소파에 앉아 김 대표의 표정을 살폈지만, 통화하면서도 수시로 바뀌는 얼굴에 좋은 일인지 나쁜 일인지 가늠이 안 됐다.

"네, 알겠습니다. 어쩔 수 없죠. 신경 써주셔서 감사합니다. 네, 기다리겠습니다."

윤후는 전화를 끊은 김 대표가 입을 열기를 기다렸다. 전화를 끊은 김 대표가 천장을 보며 한숨을 뱉었다.

"안 된대."

"네. 어쩔 수 없죠. 작업하러 내려가 볼게요."

"야야, 이 자식이 재미없기는."

김 대표는 일어서는 윤후를 잡고는 씨익 웃었다.

"하고 싶단다. 엄청 마음에 들었나 봐. 지금 광고 회사랑 이미 얘기 다 끝났고 우리 허락만 기다리고 있었대. 하하!"

"잘됐네요. 그런데 뭐가 안 된다는 거예요?"

"아, 이름. 네가 말한 이름 있잖아. 그거 크게는 안 되고 하단에 조그맣게 1, 2초 정도 나가게는 가능할 거 같단다. 믿을 수 있고 정직한 곳 한국은행. 하하!"

김 대표는 기분이 좋은지 윤후가 만든 CM송을 흥얼거렸고, 윤후 역시 잘 풀린 것 같아 상당히 기분이 좋았다. 이제 방송에 나오기만을 기다리기면 됐다.

*　　　　　*　　　　　*

바뀐 한국은행의 광고가 나오는 날이었기에 휴게실의 TV 앞에는 윤후를 비롯해 김 대표까지 상당수의 인원이 모여 있었다. 단지 은행 광고만 나오는 날이 아니라 광고가 끝나고 이어지는 방송에서 FIF의 첫 번째 지상파 음악 방송 무대가 있는 날이었다. 신입 매니저 동혁을 혼자 보낼 수 없어서 대식과 두식이 함께 따라붙었다는 말을 들었기에 걱정되지는 않았다. 한데 김 대표의 표정은 그다지 좋아 보이지 않았다.

"아무리 생각해도 아쉽단 말이야."

모두가 김 대표의 말에 고개를 저었고, 제이는 얼굴을 찡그리며 윤후의 귀에 대고 입을 열었다.

"아직도 무료로 배포한다고 해서 꽁한 거 맞지?"

"아마도요."

그때, 옆에 있던 최 팀장이 제이의 말을 지적하며 바로잡았다.

"대표님께서는 무료로 배포해서 그런 게 아니라 우리 회사에서 배포했으면 하는 생각이신 거야. 그렇게 된다면 회사에 대한 이미지가 한층 더 올라갈 것은 뻔하지. 그런 기회를 놓쳤으니 아쉬우신 거고."

제이는 언제부턴가 김 대표의 말이라면 사족을 못 쓰는 최 팀장을 흘겨보고는 고개를 저었다. 어느새 방송에서는 뉴스가 끝나고 광고가 시작되고 있었다. 평소라면 광고 시간에는 잡담하고 있었을 테지만, 지금 휴게실에는 광고마저 경건한 마음으로 보고 있었다. 몇 개의 광고가 지나가고 KBC 뮤직캠프를 시작한다는 알림이 떴다. 그러고는 곧바로 기다리던 광고가 나오기 시작했다.

"야야! 저기 우리 이름 나온다! 후아유! 하하하! 광고에 이름도 나와 보고, 완전 이상하네."

제이가 손가락으로 TV 화면에 아주 작게 올라온 잘 보이지도 않는 글씨를 가리키며 신이 난 목소리로 말했다. 다들 잘 보이지는 않지만 모든 사람이 기꺼이 축하해 주었다. 마치 축제 분위기의 휴게실에는 누구 하나 빠짐없이 광고에 나오는 노래를 따라 부르고 있었다.

믿을 수 있고 정직한 곳 한국은행~ 근심 걱정 없이 안전한 한국은행~ 손가락 하나로 어디든지 가능해요~ 한국은행~

오로지 혼자만 가만히 지켜보던 윤후는 만족한다는 듯이 고개를 끄덕였다. 단번에 사람들의 뇌리에 박히라고는 생각지 않았지만 가까운 사람들의 반응으로도 충분히 좋을 것이라 예상되었다. 어느덧 광고가 끝이 나자 시상식에 온 듯 휴게실에 박수 소리가 울려 퍼졌다. 이어 박수가 잦아들자 제이가 윤후에게 말했다.

"좋다! 하하! 아, 이거 잘돼서 T뱅크 우는 거 봤으면 좋겠다. 하하!"

제이는 그동안 말은 하지 않았지만 가슴에 담아두고 있었는지 TV에 광고가 나오는 것을 확인하고 나서야 말을 크게 뱉었다. 윤후가 T뱅크를 염두에 두고 만들었다기보다는 계속 건드리는 숲 엔터 때문에 만든 곡이다. 그렇지만 원인은 제이 때문에 시작한 일이다 보니 제이가 좋아하는 것을 보자 윤후도 기분이 좋은지 미소를 짓고 있었다.

'이게 흐뭇함 이런 건가. 좋네.'

광고가 끝나고 FIF가 출연하는 음악 방송이 시작되었다. 가뜩이나 시청률이 낮은 음악 방송이었건만, 신인이라서 그런지 분당 시청률이 가장 저조하다는 첫 무대에 배정받았다. 아쉽기는 했지만 이미 알고 있던 것도 있고 첫 번째 지상파 무대부터 배부를 수 없다는 생각에 다들 기대하며 쳐다봤다.

"확실히 채우리가 물이 올랐어. 이 정도면 음원도 다시 치고 올라가겠지?"

김 대표는 고개를 끄덕거리며 쳐다보고 있었다. 김 대표의 말대로 처음에 도약할 줄 알았던 음원 순위가 방송에 노출이 없다 보니 이튿날을 기점으로 곤두박질치고 있었다. 그렇기에 김 대표를 비롯해 직원 모두가 안쓰러워하는 그룹이었다. 곡도 좋은 데다 무엇보다 열심히 하는 아이들이 빛을 발하지 못하고 있었다. 회사에서도 노력하고 있었지만 지금 나오는 지상파 무대를 잡아준 것이 다였다. 그에 다들 미안하기도 하고 대견하기도 한 FIF의 모습을 말없이 쳐다볼 때, 'Ready for love'의 코러스가 나오기 시작했다.

러브 유
"러. 브. 유!"

김 대표를 비롯해 직원 모두가 자신들이 잘못 들었나 싶은지 자신이 들은 것이 맞느냐는 듯 서로를 쳐다봤다. 걸스 TV 덕분에 고정 팬이 몇 있기는 했지만, 이번 무대에는 팬들을 동원하지 못했다. 게다가 분명 TV 무대 자체가 처음이었다. 그에 다들 TV를 쳐다볼 때, 작지만 응원 구호가 확실하게 들려왔다. 그 작은 응원 소리가 물론 FIF에게도 힘을 주고 있겠지만, 지금 휴게실에 모여 있는 직원들도 자신들을 응원하는 소리처럼 들리는지 다들 주먹을 꽉 쥐고 있었다.

*　　　　*　　　　*

주말이 지나고 어린이집에 출근한 교사는 매주 월요일 아침마다 겪는 전쟁을 치르고 있었다. 아이들이 다 그렇지는 않지만, 그중 부모님과 떨어질 때마다 우는 아이들이 있었고, 월요일 아침은 그런 상황이 유독 많았다. 오늘의 마지막인 아이를 태워 어린이집으로 가면 되건만, 지금도 어린이집 차에 타지 않으려 버티고 있는 아이 때문에 전쟁을 치르는 기분이었다. 그때, 아이의 엄마가 하는 말이 들려왔다.

"하린이 유치원 다녀오면 엄마랑 은행 가야지? 유치원 다녀오면 은행 꼭 가자?"

특이한 것에 집착하는 아이들이 종종 있기에 하린이라는 아이가 은행에 집착한다고 생각하며 아이 부모의 말에 동조하며 말했다.

"맞아, 엄마가 하린이 유치원 다녀오면 은행에 꼭 데려가실 거야."

그때, 울고 있던 하린이가 울음을 멈추고 교사를 쳐다봤고, 교사는 통했다는 사실에 기뻐하며 아이를 차에 태우려 했다. 그때, 아이가 교사를 보며 이상한 노래를 불렀다.

믿을 수 있고 정직한 곳

처음 듣는 노래인지라 교사가 멀뚱히 쳐다보자 아이가 다시 울기 시작했다.

"선생님은 모르잖아! 으아앙!"

"아니야, 아니야. 선생님도 아실걸? 선생님, 아시죠? 한국은행."

"아, 네! 알죠. 한국은행!"

아이 엄마의 도움으로 겨우 차에 탑승시키고 의자에 앉아 안전벨트를 하며 한숨을 뱉을 때, 갑자기 하린이라는 아이가 노래를 시작했다. 교사는 참 특이한 아이라고 생각하며 지쳐 좌석에 몸을 기댈 때, 차 안에 있던 아이들이 전부 노래를 따라 부르기 시작했다.

믿을 수 있고 정직한 곳 한국은행~ 손가락 하나로 어디든지 가능해요~ 한국은행~

교사는 차량에 같이 타고 있던 동료 교사를 보며 물었다.

"선생님, 저게 뭐예요? 번개맨도 아니고, 아기 상어도 아니고……."

"뭘까? 나도 모르겠는데? 김 쌤도 몰라?"

"네. 저도 처음 듣는 건데. 저거 알아야 오늘 편할 거 같죠?"

그때, 한 아이가 말하는 소리가 들려왔다.

"그거 그렇게 하는 거 아니야! 이렇게 하는 거다!"

그 소리에 아이를 쳐다보니 양손의 엄지손가락을 세우고 한국은행이라고 나오는 부분에 죽 내밀고 있는 것이 보였다.

그 모습에 두 교사는 전혀 모르겠다는 듯 서로를 쳐다볼 뿐이었다.

*　　　　*　　　　*

차장으로 승진할 동안 한 번도 와보지 못한 전무실이건만 근래 들어 자주 불림을 당했다.

"하하하! 좋아! 아주 좋아! 수고했어, 임 부장, 박 차장!"

"감사합니다."

"자네들 덕에 우리 홍보 팀 칭찬이 자자해. 하하하! 부사장님부터 해서 사장님까지 아예 사가로 하면 어떻겠냐고 그럴 정도니까 말이야. 하하하!"

한국은행의 박 차장은 일이 잘될 거라고는 생각했지만, 이렇게까지 크게 될 줄은 생각지 못했다. 광고가 나간 이후 불과 며칠도 지나지 않았건만, 한국은행에 대한 인식이 바뀌고 있는 것이 눈에 보일 정도였다. 한국은행 하면 엄지를 치켜세우는 것이 당연시되어 버렸다. 게다가 회사에서는 그 흐름을 타보려는지 기존의 광고와 같은 노래로 안무까지 넣은 새로운 광고를 만들기를 원했다. 안무라고 해봐야 한국은행 하면 엄지를 내미는 것이 주를 이루겠지만 말이다.

"박 차장, 직접 섭외도 가능하겠어?"

"일단 광고 대행사랑 얘기를 해봐야겠지만, 신정은 씨를 앞에 세우고 그 뒤에 후아유하고 네오? 그 사람들 세우는 그림이 좋을 것 같아요. 신인 같던데 넙죽 한다고 그러지 않을까요?"

"그래, 해봐. 예산도 빵빵하게 밀어준다고 했으니까. 그리고 고맙다. 살려줘서."

"하하, 부장님도 무슨 그런 소리를……"

"너 아니었으면 이대로 명퇴했을지도. 내가 도울 거 있으면 언제든 말하고."

박 차장은 회사 생활에 많은 도움을 받은 임 부장의 감사 인사에 미소를 짓고는 휴대폰을 들여다봤다. 이제는 자신이 행운의 사기꾼에게 보답할 차례였다.

*   *   *

옥탑 사무실에 있는 김 대표는 모니터를 보며 흐뭇하게 웃었다. FIF의 반응이 생각보다 괜찮았다. 숲에서 데뷔 방송을 막았음에도 곡이 좋아서인지 팬들의 유입이 생각보다 빨랐다.

"스포츠맨 새끼 얼굴이나 한번 보고 싶네."

얼굴도 모르는 엄 본부장의 표정을 떠올리던 김 대표는 피식 웃으며 스케줄 표를 확인했다. 일주일 내내 음악 방송

스케줄이 잡혀 있었다. 아직 갓 데뷔한 신인이기에 행사 스케줄은 없었지만, 지금으로도 충분히 만족스러웠다. 그리고 그때, 김 대표의 휴대전화가 울렸다.

"아이고! 박 차장님!"

—하하, 기억해 주셔서 감사합니다.

"기억뿐이겠습니까? 하하! 전 그날 박 차장님하고 마신 커피가 잊히지 않아서 안 그래도 내일 그 커피숍에 가려던 참이었습니다. 하하하!"

김 대표의 조금 과한 말에 전화 너머의 박 차장이 잠시 말이 없었다.

—큼. 그랬습니까? 마침 잘되었네요. 안 그래도 뵙고 싶은 참이었습니다.

"저를요?"

—그렇죠. 광고 계약 건으로 얘기를 좀 나눴으면 해서요.

김 대표는 잠시 귀에서 전화기를 떼고는 허공에 대고 주먹질을 하며 나이스를 외쳤다. 비록 윤후의 바람대로 곡을 무료로 배포하는 것이 아쉽기는 했지만, 숲의 얼굴을 생각하니 절로 웃음이 나왔다.

"돈거래도 없는 계약을 하게 될 줄은 몰랐네요. 하하! 그 곡은 무료로 쓰셔도 됩니다."

—아니요, 그 곡 말고 이번에 새롭게 광고를 찍을 예정입니

다. 그래서 콘티상으로는 신정은 씨 뒤로 대표님 회사의 후 아유라는 밴드 있지 않습니까? 그 친구들을 세웠으면 하는 데 어떻겠습니까?

계약에 기뻐하던 김 대표는 순간 어이가 없는 얼굴로 변했다. 후아유라면 윤후, 제이, 그리고 루아이건만 뒤에 배경으로 쓰겠다고 한다. 현재는 광고 건이 없는 루아이지만 광고 몸값만 해도 1년 계약에 4억을 받고 있었는데 그런 사람을 배경용으로 쓰겠다는 말이 미쳤다고밖에 생각되지 않았다.

—여보세요?

"아, 네. 죄송합니다. 혹시… 후아유가 누군지 알고 계신가요?

—신인 밴드 아닌가요? 다즐링의 네오라는 친구도 아직 데 뷔 못 한 걸로 알고 있습니다.

김 대표는 헛웃음을 지었다. 그러고 보니 후아유로 활동 한 적도 없고, 곡 공개 후 발표하려는 것이었기에 회사 사람들 말고는 후아유가 누구인지 알 턱이 없었다.

"하하, 그 친구들이 사실……."

김 대표는 말을 하려다 멈추고는 손가락을 까딱거렸다. 상당히 아쉽기는 했지만, 마음에 걸리는 부분이 있었다. 루아는 지금 자신 때문에 벌어지고 있는 일을 알고 있기에 두말없이 도와줄 것이고, 제이도 광고라고 한다면 두말없이 찬성할 것이다. 다만 윤후가 조금 걸렸다. 스스로도 표정이 이상하다는 것을 알고 있기에 예능도 나가려 하지 않았고 광고는 두말할 것도 없었다. 윤후의 곡이 아니라 다른 곡이라면 모를까 밝고 건강한 느낌의 곡에 윤후의 모습은 전혀 어울리지 않는다는 생각에 김 대표는 입맛을 다시고 입을 열었다.

"저희 회사에 후 아시죠?"

ㅡ네. 당연히 알죠.

"박 차장님께서 말씀하신 후아유가 실은… 후, 루아, 제이가 함께 만든 프로젝트 밴드입니다."

ㅡ……

김 대표는 영상통화라도 하는 것처럼 전화 너머의 박 차장의 얼굴 표정이 예상되었다.

"아쉽지만… 저희 후가 음악에만 매진하고 싶다고 하는 바람에 광고는 조금 힘들 것 같습니다."

ㅡ아……!

"그래도 물론 광고 음악은 마음껏 쓰셔도 됩니다. 하하!"

전화 너머의 박 차장은 꽤 오랫동안 말이 없었고, 잠시 뒤 숨을 고르고 입을 열었다.

ㅡ제이라면 깡패… 아니, 요즘 상남자로 불리시는 그분 맞습니까?

"하하, 그렇죠."

또다시 침묵이 맴돌았고, 김 대표는 아쉽지만 이해한다는 듯 미소를 지었다.

―대표님, 제가 다시 전화드리겠습니다. 그래도 될까요?

"네. 하하! 언제든지 환영합니다."

전화를 끊은 김 대표는 윤후의 사정을 알기에 아쉽지만 어쩔 수 없다고 생각했다. 숲 엔터에 한 방 먹인 것만 해도 충분히 만족스러웠다. 그 생각 때문인지 김 대표는 회사 안에 있을 윤후에게 가보려 자리에서 일어섰다. 그때, 다시 울리는 전화 소리에 박 차장이 미처 못한 말이 있나 싶어 반갑게 전화를 받았지만 박 차장이 아니었다.

"어쩐 일이십니까? T뱅크에서?"

―대표님, 지금 한국은행 CM송, 라온에서 만든 거 맞죠?

김 대표는 전화에서 귀를 떼고 휴대폰을 내려다보며 피식 웃었다. 인사도 없이 다짜고짜 용건부터 꺼내는 말에서 다급함이 느껴졌다. 김 대표는 기분이 좋은지 환하게 웃으며 전화를 받았다.

"맞죠. 저희 아이들이 만든 거죠."

―그 곡, 저희랑 광고 계약할 때 쓰려던 곡 아니십니까?

"음? 무슨 소리를 하시는지?"

―아니, 너무하잖습니까. 어떻게 저희하고 하려던 거를 다른 은행도 아니고 한국은행에 넘겨주실 수가 있습니까?

김 대표는 T뱅크에서 부리는 억지에도 기분이 좋은지 실실 웃었다.

　―오해가 있으신 모양인데, 저희가 아예 광고 미팅을 철회한다는 게 아니었고요, 다음 시즌으로 미루자는 말이었죠. 그 곡 무료로 넘기셨던데, 저희한테 넘겨주실 수 있죠?

　뭐 하려고 넘겨달라고 하는지 듣지 않아도 뻔했다. 그 곡으로 소송에 들어가면 결과가 어찌 되었든 당장 한국은행으로서는 그 CM송을 사용할 수 없을 테니까. 게다가 라온이 덤터기를 쓸 것이 당연했기에 김 대표는 환한 미소를 지었다.

　―이번 광고 끝나면 다음에 무조건 제이 씨랑 계약할 겁니다. 어떠십니까?

　"생각 없는데요?"

　―네? 아니, 그냥 계약도 아니고 전속 계약으로…….

　"우리 이미 한국은행이랑 계약했습니다. 하하! 믿을 수 있고 정직한 곳 한국은행~"

　김 대표는 거짓말까지 하며 약을 올리듯 노래까지 불러대고는 일방적으로 전화를 끊었다.

　"자식이 말이야, 누구한테 약을 팔려고. 하하!"

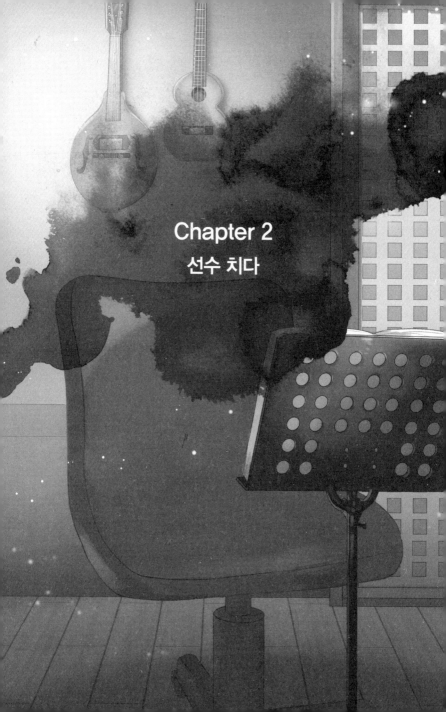

Chapter 2
선수 치다

　김 대표는 기쁜 얼굴로 계단을 성큼성큼 올라 작업실 문을 열었다.

　"뭐 하냐?"

　"크크, 대표님, 이것 좀 보세요."

　"뭔데?"

　김 대표는 후아유 세 사람이 보고 있던 모니터를 보고 피식 웃었다. 자신도 지금까지 본 영상이었다. Y튜브에 올라온 것으로 유치원으로 보이는 곳에서 꼬마 아이들이 엄지를 치켜세우며 한국은행의 CM송을 부르는 영상이었다.

"완전 귀엽죠! 하하!"

윤후와 루아마저 영상을 보며 웃고 있었다. 김 대표도 기분이 좋은지 씨익 웃고는 제이의 등을 두드렸다. 제이는 갑자기 등을 때리는 이유를 모르는 얼굴이었고, 그런 제이의 모습에 김 대표는 활짝 웃으며 말했다.

"제이, 축하한다! 이번에 한국은행 광고 모델로 확정됐어."

"어? 정말요? 저만요?"

제이는 갑작스러운 말에 얼떨떨한지 윤후를 쳐다봤다. 그때 윤후가 무표정으로 자리에서 일어나려 했다.

"야, 어디 가?"

"흠. 미리 다른 은행 노래 만들어놓으려고요."

김 대표는 어이가 없다는 듯 윤후를 앉히고 말을 이었다.

"이번엔 확정이야. 완전 확정이고 콘티까지 너하고 신정은 씨를 메인으로 짠대."

한국은행 박 차장의 연락을 받자마자 1층 사무실보다 작업실에 먼저 소식을 전하려 부리나케 내려온 것이다. 윤후의 곡으로 인해 생각지도 않은 광고가 잡혀 버렸다.

"윤후야, 고마워!"

광고 모델까지는 생각하지 않은 윤후도 잘됐다는 듯이 제이를 보며 웃었다. 그러고는 루아마저 축하 인사를 건네자 제이는 신이 난 듯 CM송을 불렀다.

"하하하하! 한국은행! 나이스! 믿을 수 있는 곳! 한국은행!"

그 모습을 가만히 보던 김 대표는 실소를 터뜨렸다. 윤후를 중심으로 제이와 루아 두 사람이 서 있었고, 무슨 대화를 하던 윤후에게 하고 있었다. 제일 어리고 제일 경력이 안 되는 윤후가 세 사람의 리더 같은 모습이었다. 생각한 것보다 잘 어울리는 세 사람을 본 김 대표는 아직 말이 안 끝났기에 제이를 진정시키고 말을 이었다.

"너희는 안 섭섭해? 제이만 한다는데."

"전혀요."

"저도."

그럴 줄 알았다면서 김 대표는 허탈하게 웃었다.

"제이가 믿음직한 이미지라서 잘 어울려. 그리고 루아 너는 비싸기도 하고 신정은 씨가 전속 모델인데 여자가 두 명이면 시선이 너한테 쏠릴 것 같다고 하더라. 그러니까 이해해. 윤후는… 그냥 하기 싫어할 거 같아서 말도 안 했어."

"감사합니다."

윤후의 감사 인사에 김 대표는 어이없다는 듯 웃고는 말을 이었다.

"아직 할 얘기가 있어. 별건 아니고, 내가 숲 엔터랑 좀 안 좋은 일이 있었거든. 너희도 윤후한테 들었을 테니 알 거야."

"말 안 했어요."

윤후가 어떤 녀석이란 것을 생각하지 않고 말을 꺼낸 김 대표는 머쓱한지 헛기침을 하고 말을 이었다.

"그래, 아무튼 좀 안 좋게 됐어. 너희가 걱정할 건 없고, 그래서 생각보다 빠르게 발표하는 게 좋을 거 같아. 루아가 우리 회사와 계약한 거."

그러자 제이가 놀란 얼굴로 루아를 쳐다봤다.

"뭐야? 너 우리랑 같은 소속 된 거야? 왜 얘기 안 했어?"

"얘기해야 돼?"

김 대표는 설마 같이 있는 사람들에게까지 말을 안 했으리라고는 생각하지 못했다. 대중들에게 상남자라고 불리고 입에 자물쇠를 달고 다닌다는 제이가 저들 중 가장 입이 가벼워 보였다.

"하, 그래. 아무튼 발표할 건데 네 생각은 어때?"

"좋아요."

"그래, 큼큼, 그리고 발표할 때 프로젝트 밴드 '후아유'도 같이 발표할 생각이야. 다들 괜찮지?"

김 대표의 말에 루아와 제이가 동시에 윤후를 쳐다봤다. 자기들 선에서 리더를 정한 듯한 모습에 김 대표는 자신도 모르게 피식 웃었다. 그리고 그 시선을 받고 있는 윤후는 생각하지도 않고 바로 입을 열었다.

"좋네요."

＊　　　　＊　　　　＊

회장실에 또다시 불려갔다 온 엄 본부장은 자신의 방으로 들어와 의자에 털썩 주저앉았다. 회장실에 모여 있던 왕 서방들에게 시달림이 피곤했는지 몸을 의자에 기대고 눈을 잠시 감았다. 하지만 이내 화가 치밀어 오르는지 몸을 일으켰다.

"빌어먹을 짱개 새끼들! 나더러 어떡하라고! 지금이 무슨 쌍팔년도인 줄 아나!"

숲 엔터의 큰 투자자들 대부분이 중국계 큰손이었고, 그들의 입김은 생각보다 컸다. 그런 왕 서방들은 숲 엔터뿐만이 아니라 아시아 전역에 엔터 사업에 투자하고 있었기에 사정에 꽤나 밝았다. 그렇기에 중국 및 아시아에서 상당한 인기를 누리고 있는 루아를 놓친다면 회사에 커다란 수익을 주는 가수 한 명이 사라진다는 것을 알고 있었다. 그럼 자신들에게 돌아가는 이익금이 줄어들기에 사사건건 참여하려 했다.

"지들이 하든가! 생각하면 할수록 열받네! 루아는 그렇다 치고 지들이 뭔데 시크릿맨을 영입하라, 마라 지랄이야, 지랄은! 아, 열받아!"

해야 할 일이 산더미 같았기에 일단 움직여야 했다. T은행과 이미 계약을 체결했기에 무산되지는 않았다. 다만 T은행의 전무로부터 압박 전화가 쉴 새 없이 오고 있었다.

'최고 송', 또는 '한국 송'이라고 불리는 한국은행의 CM송이 며칠 되지 않았음에도 대중들의 반응이 너무 뜨거웠다. 거기다 음원을 무료로 풀어버렸기에 Y튜브에 올라오는 영상의 BGM으로도 굉장히 많이 사용되고 있었다. 특히 어린아이들에게 인기가 상당한 탓에 그들의 부모에게까지 영향이 갔다. 본부장 본인만 하더라도 어젯밤 딸을 달래기 위해 한국은행의 광고를 틀어줬다.

"하, 미치겠네."

그리고 무엇보다 왜 라온에 그런 실력자들이 몰려드는지 골치가 아팠다. 아직 앨범도 발매한 적 없는 '후아유'라는 신인 밴드도 궁금했고, 얼마 전까지 함께한 다즐링의 네오도 덩달아 뜨고 있었다.

똑똑.

"들어와"

본부장은 들어오는 사람을 보고서는 잘되었다는 듯 소파를 가리키며 앉으라고 손짓했다. 그러고는 엄 본부장이 소파에 앉고 나서 입을 열려할 때, 앞에 앉은 사람의 입이 먼저 열렸다.

"일이 좀 생겼습니다."

본부장은 앞에 앉은 사람의 말에 얼굴을 찡그렸다. 앞에 앉은 사람은 1팀 팀장이었고, 현재 1팀에서 맡고 있는 업무는 루아에 관한 일뿐이었다.

"말해봐."

"저… 아직 기사가 나온 것은 아니지만… 이미 라온 쪽에서 보도 자료를 뿌린 걸 김 기자가 보내줬습니다. 여기……."

서류철까지 준비해서 건네는 자료를 건네받은 본부장은 급하게 서류철을 열었다.

〈가요계의 여신 루아, 음원 킬러 Who가 있는 라온에 둥지를 틀다〉

가수 루아(23)가 라온 엔터테인먼트와 전속 계약을 체결했다. 매니지먼트 라온은 29일 '루아는 데뷔 후 그룹 활동 및 솔로 가수로 활동하며 넓은 음악적 색깔로 자신만의 스펙트럼을 넓혀온 가수'라며 당분간은 같은 소속인 'Who'와 전 플라이의 멤버 '제이'와 함께 프로젝트 밴드로 활동하겠다고 밝혔다.

"…뭐? 이 대머리 새끼가!"

엄 본부장은 들고 있던 서류를 마저 읽지도 않고 접어 던지고는 분이 안 가라앉는지 씩씩대었다. 앞에 앉은 1팀의 팀장은 죽을 맛이었지만, 아직 본부장이 보지 못한 것이 남아 있었다.

"저… 본부장님, 아직 더 보실 게 있으십니다."

"…뭐?"

1팀장은 주섬주섬 흩날린 자료를 주워 순서를 확인하곤 조심스럽게 본부장에게 다시 건넸다. 그러고는 돌아올 파장을 미리 준비하는 듯 양손을 모으고 고개를 숙였다.

〈한국은행의 최고송! 그 주인이 후아유?〉

한국은행은 현재 최고의 광고 음악으로 꼽히고 있는 '최고송'의 주인이 다름 아닌 '후아유'라고 밝혀왔다. '후아유'란 음원 킬러 'Who'와 루아의 '아', 그리고 전 플라이의 멤버 제이의 성인 '유'를 딴 프로젝트 밴드라고 밝혀왔다.

······.

재미있을 것 같아서 만든 곡으로 한국은행은 물론 라온 엔터테인먼트까지 행운을 거머쥐게 되었다. 한국은행은 새로운 광고 촬영을 위해 전속 모델인 '신정은'과 함께 '후아유'의 멤버인 제이를 섭외했고, 곧 촬영할 계획이라고 밝혔다. 게다가 광고에 신인 걸그룹 FIF이 만든 안무를 들고 나온다는 말에 대중들의 기대가 상당할 것이라 예상된다.

1팀장은 엄 본부장의 분노를 받을 준비를 하고 있었건만,

조용한 본부장의 반응에 고개를 살짝 들어 올렸다가 급하게 다시 숙였다. 분노한 얼굴이 빨개지다 못해 검게 보일 정도로 변해 있었다.

"이 대머리 새끼가… 결국 일을 저질렀어?"

서류를 박박 찢고 구긴 본부장은 땅바닥에 거칠게 던지고서 숨을 몰아쉬었다. 분명 숙이고 들어올 것이라고 생각했건만 숙이기는커녕 고개를 빳빳이 들고 붙어보자고 말하고 있었다. 본부장은 뒷골이 당겨오는지 목덜미를 붙잡고 1팀장에게 말했다.

"후, 루아네 부모는 어떻게 됐어?"

"캐나다에 있어서 연락하기가 힘듭니다."

"직접 찾아가든가 해야 할 거 아니야, 이 머저리 같은 새끼야! 어떻게든 루아 부모 만나!"

"네……."

"그리고 여기 이 새끼는 어떻게 됐어? 접촉해 봤어?"

1팀장은 본부장이 말하는 그 새끼가 가수 후였기에 이번에도 울상을 하고서 입을 열었다.

"저… 그게… 아예 회사에서 살고 있어서요. 어디 나가지도 않고 항상 매니저가 동행하는 통에……."

"그럼 매니저도 같이 꼬시면 되잖아! 한두 번 해? 이 새끼가 로드 때도 어리바리하더니 팀장 자리에 앉혀놓으니까 더 어리바리하네. 너 그만둘래?"

"아닙니다."

"어휴, 내가 저걸 데리고… 이거나 가져가서 보고 방법 찾아와."

"무슨 방법을……."

"데려오라고! 못 데려오면 아예 가수를 못 하게 만들어 버려!"

서류를 받아 든 1팀장이 고개를 숙이며 인사를 함에도 엄본부장은 의자에 머리를 기대고 눈을 감고 있었다. 'Rider'가 잘 풀리는 것 말고는 되는 일이 하나도 없는 것 같은 느낌에 눈을 감은 채 미간을 찡그리고 있었다.

＊　　　　＊　　　　＊

공 팀장은 서류 첫 장에 적힌 윤후의 대한 자료를 보며 얼굴을 찡그렸다.

이름: 오윤후(Who)

나이: 20세, 1998년 4월 1일생

키: 186cm, 몸무게: 75kg

가족 관계: 부(수원에서 가구 공방 운영 중)

학력: ?

특이 사항: 나이에 맞지 않는 음악적 지식이 상당히 풍부함.

해외에서 음악 학교를 다니지 않았을까 추정되지만 확인 불가능.

"뭐야? 뭐 제대로 조사된 게 아무것도 없잖아? 뭐지, 도대체?"

보통 연예인이라면 출신 학교라든가 졸업 사진이 인터넷에 돌게 마련이고, 조금만 조사해도 학력 정도는 금방 알 수 있었건만 아무리 조사를 해도 도저히 나오는 것이 없었다. 심지어는 팬카페인 'W. I. W.'까지 가입했건만, 다른 카페였으면 그냥 가입하면 읽을 수 있는 글조차 첫 번째 등업을 해야만 했다.

"뭔 국정원이야, 뭐야? 뭐 이렇게 꽁꽁 싸매고 있어?"

어떻게 이 정도까지 정보가 없는지 오히려 궁금해졌다. 뒷장 역시 특별한 것이 없었다. 그동안 방송 활동에 대해 적혀 있었고, 생각보다 활동이 없었다.

"뭐가 있을까. 가만, 이게 뭐냐?"

공 팀장은 서류를 가만히 들여다보다 이상한 점을 발견했다. 그동안 지라시로 돌던 내용인데 대부분 성격에 문제가 있다고 말하고 있었다.

"성격이 좋지 않은 건가? 이상하네. 능력은 좋은데 성격이

꽝이라……."

모니터와 서류를 번갈아 보던 공 팀장은 내용을 전체적으로 정리했다. 그러고는 정리된 서류를 들여다봤다.

"분명히 성격에 문제가 있단 말이야. 가만 보자……."

공 팀장은 본부장에게 보여줄 자료를 작성하기 시작했다.

＊   ＊   ＊

며칠 뒤, 윤후는 추운 날씨임에도 옥상 정자에 앉아 있었고, 김 대표는 생각에 잠긴 듯한 윤후를 물끄러미 보고 있었다. 얼마 전 윤후가 부탁한 사람들을 찾지 못했다는 말을 전하자 그때부터 멍한 얼굴이었다. 김 대표는 미안하기도 하고 궁금하기도 했기에 조심스럽게 질문을 던졌다.

"네가 찾는 사람들 말이야, 누군지 물어봐도 돼?"

"소중한 사람들이요."

윤후는 짧게 대답하고는 다시 생각에 잠겼다. 아직 흔적을 찾지 못한 그들이 있던 나라, 미국에 가보고 싶은 마음이었다.

"대표님, 저 '어때?' 활동 끝나면 미국 가고 싶어요."

"뭐? 미국? 너 혹시 나한테 찾아달라는 사람을 직접 찾겠다는 건 아니지?"

윤후는 처음부터 그럴 생각이었기에 대답을 하지 못했다.

한국에서도 생각지도 못한 기타 할배와 백수 아저씨의 흔적을 발견했기에 미국에 가면 지금처럼 우연히 마주치게 될 것만 같은 막연한 기대를 하고 있었다.

"내가 좀 더 신경 써서 찾아볼 테니까 천천히 가자. 위험하기도 하고 아직 미국에 가기에는 너무 이른 거 같아. 정 가고 싶으면 여행으로 가도 되잖아. 어떻게… 앨범 내기 전에 일주일 정도 여행이라도 갈래? 앨범 준비차 미국 갔다고 홍보하기도 딱 좋네."

"지금은 녹음해야 돼요. 그리고 부탁드릴 게 있어요."

김 대표는 흠칫 놀랐다. 부탁이라 해놓고 또 무슨 짓을 저지를지 몰랐기에 조심스럽게 물었다.

"뭘 부탁? 또 광고 음악 하고 그런 건 아니지?"

윤후는 힐끔거리는 김 대표를 보고 피식 웃고는 입을 열었다.

"그런 거 아니에요. 그냥 이번에 준비하는 곡, 퍼블리싱 업체에 확인 좀 해주세요."

"응? 갑자기 왜?"

"한 군데 말고요. 많으면 많을수록 좋아요."

"아니, 네가 들어보면 알잖아. 혹시 어디 걸리는 부분이라도 있어?"

"그런 건 아니고요, 그냥 킹스터 PD님이 해준 말 때문에 조금 걸려서요."

윤후는 킹스터에게 들은 애기를 꺼냈고, 김 대표 역시 그럴 수 있을 거라는 생각에 고개를 끄덕거렸다. 이어 김 대표는 애잔한 얼굴로 윤후를 쳐다봤다. 아무 생각 없이 노래만 하게 해주고 싶었는데 윤후가 생각하지 않아도 될 부분까지 신경 쓰고 있는 모습에 약간은 안타까운 마음이 들었다. 표절에 대한 정확한 평가는 되지 않겠지만, 그래도 각 저작권을 가지고 있는 업체마다 자신들의 곡이 아니라는 확인만 받아도 대중들에게 상당한 신뢰를 줄 것이다. 지금까지 그런 가수는 없었기에. 다만 돈이 들었다.

"알았어. 그렇게 해줄게. 또 다른 건?"

"없어요."

"지금 말해라. 나중에 또 이상하게 웃으면서 부탁한다고 하지 말고."

"없어요."

"진짜? 또 부탁하면 안 들어준다?"

김 대표는 조금 무거운 듯한 윤후의 분위기를 풀어주려고 장난을 걸었다. 그때, 경비 할아버지가 누군가와 함께 옥상문을 열었다.

"어, 어르신? 킹 PD님도 오셨어요?"

윤후는 김 대표의 인사에도 자신부터 뚫어져라 쳐다보는

킹스터를 보며 고개를 갸웃거렸다.

*   *   *

킹스터가 해준 얘기를 하고 있는 와중에 갑자기 회사까지 킹스터가 방문했고, 김 대표는 그런 킹스터를 보며 윤후에게 말했다.

"저 사람도 양반되긴 글러먹었어."

윤후는 피식 웃고는 오랜만에 보는 킹스터를 쳐다봤다. 다즐링의 네오는 촬영장에 있을 텐데 무슨 일로 회사까지 찾아왔는지 약간은 무거워 보이는 얼굴이었다.

"오랜만입니다."

"하하, 그러게요. 좀 더 일찍 찾아뵀어야 했는데 늦었습니다. 그래도 분당으로 이사하셨다는 얘기는 들었습니다. 하하!"

"뭐… 어쩌다 보니 그렇게 되었네요."

"그런데 네오는 촬영장에 있을 텐데 어쩐 일로……?"

윤후는 대답하지 않고 자신을 물끄러미 쳐다보는 킹스터의 모습이 불안해 보였다. 며칠 전에 봤을 때보다 아픈 사람처럼 얼굴이 상해 보였고, 이상할 정도로 머뭇거리고 있었다. 윤후는 자신과 눈을 맞추고 있는 킹스터를 보며 입을 열었다.

"왜 그러시는데요."

"PD님, 왜 그러세요? 무슨 일 있으신가?"

보다 못한 김 대표까지 나섰고, 그제야 킹스터가 입술을 깨물고는 주머니에서 손을 뺐다. 그런 킹스터가 주먹을 꽉 쥔 채 김 대표에게 내밀었다.

"이게 뭡니까? USB?"

킹스터는 USB까지 건네고도 한동안 말하기가 어려운지 머뭇거렸다. 그러고는 힘을 줘서 입술을 굳게 다물더니 침을 삼키고 나서야 입을 열었다.

"그거 꼭 보세요. 윤후와 관련된 겁니다."

"네? 이게 뭔데……."

"일단 보세요. 그리고 절대… 어디서 구했는지 묻지 마시고 제가 드렸다고 말하지도 말아주십쇼. 부탁드립니다."

윤후와 김 대표는 더욱 의아했다. 이게 뭔데 저렇게 조심스럽게 건네고 고개까지 숙여가며 부탁을 하는지.

"흠, 알겠습니다. 뭐, 일단 차라도 한잔하시죠?"

"아닙니다. 이만 가봐야 해서."

"정말 이거 주러 오셨다고요? 아니, 이게 도대체 뭐기에……."

"저도 아는 건 없습니다. 우연히 구했습니다. 이만 가봐야 할 것 같네요."

킹스터는 윤후에게도 어색한 미소를 지으며 다음에 보자고 인사를 하고 황급히 사라졌다. 옥상에 남은 윤후와 김 대표는 USB에 뭐가 들어 있기에 항상 당당하던 킹스터가 저러는지 고개를 갸우뚱거렸다.

"너, 뭐 사고 친 건 아니지?"

"아니에요."

"이거 주려고 온 거야? 일단 봐야겠다. 들어가서 같이 봐."

윤후는 킹스터가 나간 옥상 문을 잠시 쳐다보며 입맛을 다시고는 김 대표를 따라 옥탑 사무실로 향했다.

"뭘까나. 뭘까나. 까나, 까나."

김 대표는 컴퓨터에 USB를 꽂으며 홍얼거렸다. 하지만 USB에 들어 있는 폴더를 확인한 순간 김 대표의 홍얼거림이 멈췄다.

"뭘까나. 이게 뭐야?"

김 대표가 윤후에게 물었지만, 윤후도 모르는 것은 마찬가지였다. Who라는 폴더가 존재했고, 그 폴더 안에는 김 대표의 얼굴을 찡그리게 만드는 또 다른 폴더들이 존재했다. 김 대표는 숨을 죽이고 제일 첫 번째 폴더부터 보았다.

"취재 계획? 관계자 B 씨? 이게 누군데?"

윤후도 기자들이 취재 계획을 짜놓은 것처럼 작성된 글을 읽었다. 그리고 가만히 읽다 보니 B 씨라는 사람이 누군지 단번에 알아챌 수 있었다.

　레미니. Who의 앨범에 참여 요청을 받았으나 후에 라온 측에서 이유 없이 철회함. 그에 Who에 대한 반감이 상당함.

　레미니뿐만이 아니라 구 PD, 그리고 방송에서 윤후를 본 모든 사람에 대한 취재 계획이 적혀 있었다. 그리고 대부분 윤후에 대해 좋지 않은 감정을 가진 사람을 찾는 것처럼 보였다.
　"이 새끼들이 이거 미쳤네."
　취재 계획이라는 걸 보면 아직 취재한 것은 아니겠지만, 만약 이걸 모른 채로 당했을 거라 생각하니 심장이 두근거렸다. 그리고 글을 읽어가던 김 대표는 입술을 꽉 깨물었다.

　대작 논란 가능성.

　그 밑에는 윤후의 미니 앨범인 식스센스의 표지 사진이 보였다. 아직 구체적인 계획을 세운 것으로 보이지는 않았지만, 그 사진으로 논란에 휩싸이게 만들 것이 분명했다. 김 대표가 어이없는 얼굴로 화면을 볼 때 옆에서 웃음소리가 들렸다.
　"미쳤어? 이거 보고 웃음이 나와?"

"더 봐요. 재밌는데."

김 대표는 윤후를 위아래로 훑고는 고개를 저으며 휴대폰을 꺼내 들었다. 윤후가 김 대표의 손을 잡으려 하니 김 대표가 어이없다는 얼굴로 혀를 차고 입을 열었다.

"킹스터 PD 님이 비밀로 해달랬잖아요."

"기다려 봐. 킹스터한테 전화 안 해, 인마."

김 대표는 윤후가 손을 놓아주자 바로 전화를 걸었고, 윤후는 상대방이 누구인지 쉽게 알 수 있었다.

"레미니 알지? 걔랑 걔 매니저랑 통화한 거 녹음해 놨다고 그랬지? 몇 분 통화한 거는 말할 필요 없고 그냥 잘 챙겨둬."

몇 분 단위로 통화를 체크하는 사람은 회사 내에서 최 팀장뿐이었다. 김 대표는 전화를 끊고 부들부들 떨리는 손으로 다른 폴더까지 전부 확인했다. 그리고 왜 이런 문서들을 작성했는지 알게 되었다.

영입 후 대안.

윤후를 데려가려면 곱게 데려갈 것이지 수작을 부리려는 것에 화가 난 김 대표는 윤후의 만류에도 곧바로 전화를 걸었다.

"접니다! 김 기상!"

―네.

"도대체 이게 뭡니까? 숲에서 개짓거리하고 있는 거죠?"

김 대표는 킹스터의 대답이 없자 한숨을 쉬고 말을 이었
다.

"뭐 어디 인터넷에라도 올린답니까? 기레기들한테 돈 좀
주면서?"

―김 대표님, 우습게 보실 게 아닙니다. 제가 알기로는…
앞으로 더 많은 인터뷰가 잡혀 있다는 사실과…….

"사실과? 또 뭐요?"

―인터넷이 아닌 TV에 내보낼 것 같습니다.

"뭐요? 어디, 지네들 TV?"

―아니요. 지상파 중 한 곳이 될 것 같습니다. 저도 이 정
도뿐이 모릅니다. 이렇게밖에 도움을 못 드려 죄송합니다.

"지상파?"

김 대표는 자신이 전화하고 있다는 사실도 잊은 채 머리
를 굴리고 있었다. 분명 허위 사실이기에 윤후의 이름을 직
접 언급하지는 못할 것이다. 대부분 누구인지 밝히지 않고
대중들에게 불씨를 던져놓으면 알아서 타오르며 스스로 대
상이 누군지 찾을 게 분명했다.

그리고 지상파도 마찬가지일 것이 분명했다. 아마도 대작
에 대해 기획 방송을 내보낼 게 분명했다. 윤후의 사진을 언

급하지는 않겠지만 인터넷이란 공간에 누가 윤후의 사진 하나만 올려놓아도 논란의 대상으로 사람들의 입에 오르내릴 것이다. 그렇게 오르내리다가 나중에야 사실이 아니라 밝혀진다 하더라도 이미 윤후의 이미지는 바닥을 친 상태일 것이다.

김 대표는 정신을 차리려고 숨을 몰아쉰 뒤 전화기를 쳐다봤다. 그러고는 아직 연결된 상태임을 확인하고는 입을 열었다.

"일단 만나죠. 제가 그쪽으로 가겠습니다."

―…하, 아닙니다. 제가 가도록 하죠.

"제가 갑니다! 어딥니까, 지금?"

김 대표는 전화도 끊지 않은 채 재킷을 챙기며 일어섰고, 그 모습을 지켜보던 윤후 역시 같이 일어섰다.

"회사에 있어. 갔다 와서 얘기하자."

"같이 가요. 제 일이잖아요."

김 대표는 잠시 고민하는 듯 윤후를 쳐다보고는 휴대폰에 대고 말했다.

"윤후도 같이 듣는 게 좋을 거 같으니 오시는 편이 좋을 것 같습니다. 기다리겠습니다."

*　　　*　　　*

내비게이션을 따라 이동하던 킹스터가 김 대표와의 전화를 끊고 다시 유턴을 할 때였다. 거치대에 올려놓은 휴대폰에 걸려오지 않았으면 하는 전화가 걸려왔다. 킹스터는 약간 긴장한 얼굴로 통화 연결 버튼을 눌렀다.

"어, 잘 도착했냐?"

─그럼. 나 정광영이야. 하하! 아직 안 죽었지.

"다행이네."

킹스터는 얼굴에 미안함이 묻은 채로 입을 열었다.

"그래, 어쩐 일이야?"

─맞다, 어제 집들이할 때 혹시 내가 뭐 놓고 갔어?

"모르겠는데? 청소할 때 보니까 아무것도 없던데."

─아, 어디다 떨군 거지?

"중요한 거야?"

─중요하긴 하지. 그래도 뭐 괜찮아. 비번 걸어놨으니까.

"걸어봤자 니 민증 번호겠지."

아무렇지도 않은 척 말한 킹스터는 숲 엔터에서 꽤 마음이 맞던 친구인 정 PD를 배신한다는 생각에 입술을 깨물고 한숨을 내쉬었다.

─왜 요새 자꾸 한숨 쉬냐? 그러기에 뭐 하러 나갔어? 나처럼 붙어 있지.

"그러게 말이다."

―으이구, 너 할 거 없으면 회사 앞으로 와. 일당 쳐줄 테니까 내 따까리나 해라. 하하!

"나까지 쓰려는 거 보면 바쁜가 보네."

―바쁘다 뿐이냐. 어제도 겨우 시간 냈다. 애들 지금 인터뷰 다니느라 정신없어.

"다행이네. 너라도 바빠서. 나 운전 중이다. 나중에 연락할게."

전화를 끊은 킹스터는 정 PD가 말하는 인터뷰가 어떤 인터뷰라는 것을 알기에 씁쓸했다. 정 PD에게는 미안하지만, 이미 USB를 건네준 이상 돌이킬 수 없었다. 이대로 윤후가 끝나기를 바라진 않았다. 더 듣고 싶었다. 윤후가 앞으로 들려줄 노래를.

"하, 그래, 잘한 거야. 잘했다! 잘했다!"

킹스터는 차 안에서 스스로를 위안하려는 듯 고함을 질러 댔다.

*   *   *

윤후는 휴게실로 자리를 옮긴 뒤부터 자신을 쳐다보며 한숨을 쉬고 고개를 젓는 김 대표를 보고 있었다. 무슨 생각을 하는지 고개를 들어 눈을 맞추고 다시 고개를 젓는 것을 반복하고 있었다. 무언가를 고민하는 김 대표의 얼굴에 윤후가 입을 열었다.

"제가 뭐 해야 하는데요."

"어? 하긴 뭘 해. 괜히 또 이상한 짓 하지 말고 가만있어라."

딱 봐도 하고 싶은 말이 있어 보이는 얼굴의 김 대표였기에 더욱 궁금해졌다.

"제 일이잖아요. 뭘 하면 돼요?"

"에이, 아니라니까."

윤후는 자신의 질문에 아니라고 말했지만 입을 오물거리고 있는 김 대표를 쳐다봤다. 거짓말을 하면 거짓말을 했지 말도 못하고 쭈뼛대는 김 대표의 모습에 윤후는 고개를 갸웃거렸다. 그러자 김 대표가 깊은 한숨을 뱉고 드디어 입을 열었다.

"너 요즘 병원 다녀?"

"무슨 병원이요?"

"그… 있잖아. 에이, 아니야. 됐어."

"자폐증이요?"

윤후의 대답에 김 대표가 흠칫 놀랐다. 그러고는 윤후의 표정을 살폈다.

"데뷔하기 전에 갔으니까 갈 때 됐네요."

김 대표는 무표정으로 아무렇지도 않게 말하는 윤후를 가만히 쳐다봤다. 그러고 보니 처음 강유의 녹음실에서 봤을 때도 자폐증이라고 밝힌 것이 떠올랐다. 자신은 말을 꺼내기 어려워 어떻게 말해야 하나 싶었건만, 정작 본인은 아무렇지도 않아하는 모습에 김 대표는 머리를 긁적였다.

"그래? 만약에 말이야. 정말 진짜 만약이다?"

"네."

"사람들이 네가 자폐증이란 걸 알면 어떨 거 같아?"

"정확히는 서번트증후군이요."

윤후는 김 대표의 말을 바로잡고는 사람들이 알게 되면 어떨지 생각해 봤다.

"흠."

"왜? 뭐가 걸려? 아무래도 좀 그렇지?"

"상관없을 거 같아요. 저를 모르던 사람들도 제 노래를 듣고 좋아한 거잖아요."

김 대표는 생각지도 못한 윤후의 말에 어이가 없으면서도 묘하게 그럴싸했다. 물론, 당장은 윤후의 아빠 정훈의 허락 없이 윤후가 자폐증이란 것을 밝힐 수는 없었고, 회사 내에서도 회의가 필요한 일이기는 했다.

김 대표는 걱정만 하던 자신보다 훨씬 당당한 윤후의 모습에 미안한 마음이 들었다. 다른 사람들과 똑같이 대한다고 생각했는데 오히려 너무 감싼 게 아닐까 하는 생각이 들었다. 그런 김 대표의 표정 때문인지 윤후가 김 대표를 가만히 쳐다보며 말했다.

"전 제 노래에 의심 안 해요. 자신 있어요."

"하하하하하! 그래, 됐어, 그거면! 남자야, 남자!"

표정이 없는 윤후의 얼굴 때문인지 전혀 흔들림이 없어 보이는 모습에 김 대표는 그 어느 때보다 윤후가 당당해 보였다. 쉽지는 않겠지만, 윤후의 얼굴을 보니 어떻게든 이 상황을 잘 해결해 나갈 힘을 얻은 듯한 기분이 들었다. 김 대표는 크게 웃었고, 그때 휴게실 문이 열리며 킹스터가 들어왔다.

"하하, 들어오시죠."

문 앞에 선 킹스터는 분명 웃고 있을 상황이 아니건만 활짝 미소를 짓고 있는 모습에 들어올 생각도 못 하고 선 채로 김 대표와 윤후를 번갈아 봤다.

"들어오시라니까요. 하하!"

킹스터는 그제야 걸음을 옮겼고, 어리둥절한 상황에 소파에 앉으며 윤후를 쳐다봤다.

"왜 웃는지 저도 몰라요."

킹스터는 김 대표가 충격을 받아 미쳤나 싶어 얼굴을 살폈지만, 오히려 아까 봤을 때보다 정상처럼 보였다.

김 대표가 입을 열었다.

"제가 PD님을 곤란하게 하려는 건 아닙니다. 하하! 다만 몇 가지 물어볼게요."

"네. 아는 대로만 얘기해 드리겠습니다."

"일단 저희가 본 게 숲 엔터에서 꾸미는 수작이죠?"

"네, 그렇게 알고 있습니다."

"그럼 거기에 해당되는 인터뷰가 얼마나 더 있을지 알고 계십니까? 그걸로 뭘 어떻게 하려는지 말씀해 주실 수 있습니까?"

"그건 모르지만… 지금도 어디서 인터뷰를 하고 있을지 모릅니다. 죄송합니다."

"왜 PD님이 죄송한지… 하하! 그럼 대작 논란 이거는 어디서 방송하는지 알 수 있습니까?"

"그것도 모릅니다."

한때 숲에 소속되어 있었다는 것 때문인지, 아니면 친구인 정 PD가 지금 이 일에 연관되어 있어서인지 킹스터는 김 대표의 얼굴을 똑바로 바라보지 못했지만, 이미 결정했기에 진심을 다해 질문에 대답했다. 그리고 충분히 대답을 들었는지 김 대표가 말이 없자 윤후가 대뜸 입을 열었다.

"밝혀요?"

"아직. 일단 아버님 좀 만나 뵙고 판단해 보자."

그러자 킹스터가 미안해하는 얼굴로 조심스럽게 입을 열었다.

"그 내용들을 밝히시면… 조용하게 처리하긴 어렵겠죠?"

그러자 윤후가 무슨 소리를 하느냐는 얼굴로 킹스터를 쳐다봤다.

"그거 아닌데요? 제가 서번트증후군이었단 걸 밝히는 거 말한 거예요."

윤후의 말에 킹스터는 무슨 소리를 하는지 모르겠다는 얼굴로 변했고, 김 대표는 못 말린다는 듯 윤후를 바라봤다.

Chapter 3
라온의 계획

　김 대표의 말을 들은 정훈은 심각한 얼굴이었다. 윤후가 좋아하기에 가수 하는 것을 응원하고 있었건만, 왜 다른 사람들의 표적이 되어야 하는지 이해할 수가 없었다.

　"우리 윤후가 아팠다는 걸 꼭 밝혀야 합니까?"

　"저도 조금 꺼려지기는 합니다. 그렇지만 지금 해결책으로 그 방법 말고는 딱히 다른 방법이 없습니다. 그리고 아버님, 아버님이 생각하시는 것보다 윤후, 훨씬 강합니다."

　"음……."

　무려 십 년을 밤낮없이 다섯 명의 영혼과 함께했으니 강하지 않으려야 않을 수가 없다. 그렇지만 아빠의 입장에서는 윤후의 병명을 밝힌다는 것이 그다지 좋게 들리지는 않았다. 혹시나 처음에 만났을 때처럼 홍보용으로 이용하려고 하는 것은 아닐까 하는 생각도 들었지만 김 대표의 얼굴에서 진심이 느껴졌기에 더욱 고민되었다. 차라리 가식이 조금이라도 보였다면 가차 없이 거절했을 텐데.

"오히려 잘된 일일 수도 있습니다. 간혹 윤후의 표정 가지고 트집 잡는 사람들도 있는데 그런 사람들이 윤후에 대해 잘 모르니까 그런 오해를 사는 거 아니겠습니까? 이번에 터뜨리려고 하는 것도 트집 잡을 것이 없으니 그런 것들을 문제 삼으려 하는 것일 테고요. 마침 이번에 밴드 활동을 할 때 맞춰서 대중들에게 밝히는 것이 어떨까 싶네요."

그렇지 않아도 윤후의 기사에 달린 댓글에 마음 아픈 적이 한두 번이 아니었다. 좋은 댓글도 상당히 많았지만, 부정적인 댓글도 뜨문뜨문 보였다. 그리고 그 글들은 유독 윤후의 표정에 대해 지적하는 댓글이 주였기에 정훈의 마음은 더욱 아팠다. 집에 있을 당시 억지로 웃어보려고 애쓰던 윤후를 보았기에. 그렇지만 윤후가 가수를 더 이상 못하게 된다면 그게 윤후에게 얼마나 큰일인 줄 아는 정훈은 생각을 마쳤는지 고개를 끄덕거리며 입을 열었다.

"밝히고 나면 어떻게 되는 겁니까? 다들 불쌍하게 처다보겠지요?"

"그럴 수도 있겠죠. 하지만 나중에 돌아올 파장보다는 훨씬 나을 거라 생각되네요."

"어떻게 밝히실 겁니까? 기자회견 같은 걸 하시려는 건 아니죠? 그건 별로 같아서… 죄지은 사람처럼 보여서 그건 내키지 않네요."

"윤후가 사실 자폐… 증으로 보기에는 멀쩡해 보이지 않습니까? 그래서 혹시라도 또 그걸로 문제 삼을 수도 있으니까 아무래도 TV 프로그램에 내보내는 게 좋을 것 같습니다. 하지만 너무 걱정 마세요. 제 자식이라고 생각하고 정말 상처받지 않도록 돌보겠습니다."

김 대표는 정훈을 진중한 얼굴로 쳐다보며 진심을 다해 말했다. 그러고는 약간은 머쓱함에 고개를 돌리는데 벽에 걸린 사진 하나가 눈에 들어왔다. 어린 시절의 윤후가 지금처럼 무표정인 채로 기타를 안고 있는 사진이었다. 참 한결같은 모습에 김 대표는 피식 웃어버렸다.

처음 박재진을 만났을 때도 자신이 없었더라면 오해를 샀을 테고, 구 PD를 비롯해 표정 때문에 많은 오해를 불러일으켰다. 김 대표는 그런 생각을 하며 윤후를 쳐다보다 말고 손가락을 튕겼다.

"아버님, 혹시 다큐멘터리 보세요?"

"네? TV 볼 시간이 없어서요. 윤후 나오는 것도 제대로 못 봤습니다."

"음, 이건 어떨까요? 제가 아는 사람 중에 신세를 갚아야 할 사람이 있거든요. 저번에 방송 보셨죠? '두근거리는 밤'. 그 PD가 윤후 특집 방송을 해주기로 약속했는데 이렇게 부탁하는 게 어떨까요?"

윤후의 특집 방송을 해주는 대신 KBC의 음악 방송에 FIF의 무대를 마련해 달라는 부탁을 이렇게 쓰게 될 줄 모른 김 대표는 본인 스스로도 대견한지 뿌듯한 얼굴이었다. 구 PD의 부탁을 들어주면서 이쪽의 일도 해결할 수 있었다. 김 대표는 신난 얼굴로 자신이 생각해 둔 바를 정훈에게 꺼내놓았다.

김 대표의 얘기를 한참 듣던 정훈은 고민이 되는지 생각에 빠진 모습이었다. 그렇게 한참을 대화 없이 시간이 흐른 뒤 정훈은 김 대표를 쳐다보더니 다시 고민에 빠진 얼굴이 되었다. 김 대표가 말한 대로 하게 된다면 국민 전체가 윤후가 어떤 아이인 줄 알게 될 터이다. 그 때문인지 윤후를 연구하고 싶다며 연구제처럼 윤후를 쳐다보던 의사들의 얼굴이 떠올랐다. 다행히도 지금은 최면 치료를 해주는 의사를 만났기에 망정이지 그렇지 않았으면 윤후가 어디서 어떻게 됐을지 모른다.

"아버님, 제가 알아본 바에 의하면 윤후처럼 자폐증 증상이 나아진 사례가 꽤 있다고 들었습니다."

정훈 역시 알고 있었다. 자폐증을 앓는 아이의 부모가 조기에 발견해서 행동 치료 등을 통해 완치된 사례가 꽤 많았지만 윤후의 경우에는 다섯 명의 도움을 받아 완치된 경우였다. 하지만 지금 김 대표의 반응만 봐도 윤후에 대해 전혀 모르는 눈치였다. 그래서 말을 해야 하나 말아야 하나 고민스러웠다. 한참을 고민하던 정훈은 마음의 결정을 했는지 고개를 젓고 입을 열었다.

"그럼 촬영할 때 말입니다. 병원도 갈 생각입니까?"

"아직 구 PD와 연락을 안 해봤기 때문에 어떻게 될지는 모르겠지만, 사실 확인을 위해서는 그편이 좋을 것 같습니다."

정훈은 잠시 고민했다. 지금 김 대표의 모습으로 봐서는 자폐증이란 사실만 알 뿐, 윤후의 또 다른 병명은 전혀 모르는 눈치였다. 하지만 병원까지 간다면 다른 병명을 숨길 수 없었다. 그것까지 밝히는 것이 괜찮을까 하고 고민했지만, 역시 특이한 경우인 탓에 마음에 걸렸다. 정훈은 김 대표를 보고는 망설임 끝에 결국 조심스럽게 입을 열었다.

"아무 병원 말고 원래 윤후가 다니던 병원으로 가주실 수 있겠습니까?"

"네? 아무래도 큰 병원을 가는 편이… 좋지 않겠습니까?"

정훈은 고개를 저으며 크게 숨을 들이켰다. 지금 윤후에게 닥칠 상황을 제일 잘 알고 있는 사람도 앞에 있는 김 대표였고, 그 일을 해결할 수 있는 사람도 김 대표라는 생각에 정훈은 고개를 끄덕거리며 어렵게 입을 열었다.

"대식 씨께도 같이 말씀드리는 게 좋겠습니다."

　그러자 김 대표는 정훈이 결심했다고 생각하고는 차에서 기다리고 있을 대식을 불러왔다. 그러자 정훈은 대식에게 윤후에 대한 얘기를 꺼냈다. 윤후가 단순히 아팠다고만 알고 있던 대식은 그동안 윤후의 행동들이 이해가 가며 구박한 자신이 떠올랐다. 그래서 미안함 가득한 얼굴로 정훈의 얘기를 들었다. 하지만 정훈의 얘기는 그것이 끝이 아니었다.

"사실 윤후가 자폐증 말고도 또 다른 병을 앓았습니다."

"네?"

"해리성 정체감 장애라고, 쉽게 말해 다중 인격이라고 하죠."

"아……!"

　김 대표는 그제야 처음 만났을 당시 윤후가 한 말을 떠올렸다. 윤후를 영입하고 싶다는 생각이 앞서 주의 깊게 듣지 않은 이유도 있었지만, 가장 큰 이유는 전혀 그렇게 보이지 않았기에 한 귀로 듣고 한 귀로 흘려들었다. 그렇게 윤후에 대해 얘기를 해주는 정훈의 말에 김 대표와 대식은 침을 꿀

꺽 삼켰다.

한동안 이야기를 듣던 김 대표는 윤후가 찾아달라는 사람이 누군지, 왜 그 사람들을 찾으려 하는 것인지 그제야 알았다.

"그럼… 저희 경비 보시는 어르신하고… 제이가… 하, 이거 쉽게 믿기지가 않네요."

사기꾼처럼 말을 잘하는 김 대표가 말을 더듬거릴 정도로 믿기 어려운 얘기들이었다. 그 때문에 김 대표는 생각에 빠졌다. 그러고 보니 이제야 왜 윤후가 경비 어르신과 회사의 누구보다 자연스럽게 대화를 나누며 또 그렇게 챙기는지 이해가 갔다. 그러다 문득 든 생각에 김 대표는 입을 열었다.

"그럼 강유하고는 왜 그렇게 말을 잘하죠? 아무런 연관도 없는데……."

"그건 음악 감독이라는 직업 때문이 아닐까요?"

"아……."

"그래도 윤후가 그 영혼들과 아무런 관계가 없는 사람들 중에는 유독 김 대표님 말을 많이 하더군요."

"하하……."

비록 귀찮다는 말들이었지만 김 대표 얘기를 많이 한 것은 사실이었다. 그리고 정훈은 김 대표를 가만히 보다 고개를 꾸벅 숙이며 입을 열었다.

"저희 윤후 잘 부탁드립니다. 만약에 그런 얘기들마저 밝혀진다면 많이 흔들릴 겁니다. 그들이 외롭게 자란 윤후에게는 가족이고 친구였으니까요. 꼭 상처받지 않도록 잘 부탁드립니다."

김 대표 역시 어정쩡한 자세로 고개를 숙이며 대답했다.

"걱정하지 마십쇼. 절대 누구에게도 얘기하지 않겠습니다. 아니, 잊도록 하겠습니다. 걱정 마십쇼."

"잘 부탁드립니다."

"그럼 병원에는 어떻게 하는 것이 좋겠습니까?"

"그건 윤후가 원래 다니는 병원에 가시면 제가 얘기해 놓도록 하겠습니다."

김 대표는 다짐이라도 하듯 고개를 끄덕거렸다.

＊　　　　＊　　　　＊

라온 엔터의 1층 사무실에 앉아 있는 김 대표의 손에는 예전에 윤후가 찾아달라던 사람들의 이름이 적힌 메모가 들려 있었다.

'그럼… 경비 어르신 형님이 기타 만드시던 분이라 기타를 만들 수 있던 거고… 제이네 형은 보컬 트레이너라 그렇게 스킬이 완벽했던 거네. 그리고 이 사람이 음악 감독이라서… 이 사람이 사진작가… 그래서 사진을 그렇게 잘 찍었던 거고. 그럼 이 남은 사람은 소매치기? 이건 뭔데? 뭘 잘 훔치나?'

아직 100% 믿고 있지는 않지만, 상황을 정리하면 할수록 자신도 모르게 인정하고 있었다. 미국에 가고 싶다고 하던 이유도 알았고, 그간 윤후의 반응으로 보아 그들이 얼마나 소중한 사람이라는 것도 알았다. 또한 윤후가 처음 발표한 여섯 곡이 왜 각기 다른 느낌인지도 이해가 갔다.

'아, 미치겠다.'

김 대표가 생각에 잠겨 있을 때, 최 팀장이 직원들에게 하는 말이 들려왔다.

"다들 확인했습니까?"

"아, 열받는데요?"

김 대표는 아차 하며 메모지를 다시 넣었다. 일단은 앞에 닥친 문제를 해결해야 했다. 김 대표는 고개를 들어 직원들을 쳐다봤고, 화가 잔뜩 난 얼굴로 붉게 상기된 채 모니터를 쳐다보는 직원들을 확인했다.

직원들은 킹스터가 준 파일을 전부 읽었는지 하나같이 낯빛이 검게 물들었다.

"대식이 넌 워뗘? 넌 맨날 붙어 있잖여. 진짜 여기 내용대로 싸가지 없는 겨?"

"윤후가 그럴 리가 있가디? 말을 잘라먹은 것처럼 반 토막으로 혀서 그러지 예의는 바르잖여. 너도 인사하는 거 봤으니까 알 거 아녀."

대식과 두식의 대화에 신입 매니저인 동혁이 조심스레 끼어들었다.

"그냥 잘 웃지도 않고 말수가 적어서 사람들이 그렇게 느끼는 거 아닐까요? 저도 처음에는 영 이상해서 부딪치기도 꺼림칙했거든요."

"뭐여? 넌 지금도 윤후한테 뭐 가져다주라고 시키믄 싫어하잖여."

동혁의 말을 시작으로 직원들이 고개를 끄덕거렸다.

"그러고 보니… 저도 처음엔 영 껄끄러웠는데. 부탁하는 것도 없고, 인기 올라갔다고 변하지도 않고, 그냥 말 없고 안 웃는 거 말고는 오히려 다른 가수들보다 편해요. 뭐 부탁하면 싫다고 하면서도 다 들어주잖아요."

"맞네."

직원들의 말에 김 대표는 기분이 좋은지 미소를 지었다. 누구 하나 의심하지 않고 하나같이 회사 소속의 뮤지션을 믿고 있었다.

"잘 들어. 지금 최 팀장이 준 자료 있지? 그거 곧 지상파 세 곳 중 어딘가에서 방송될 거야."

"......"

자료를 마저 읽고 있던 직원들과 김 대표의 말을 들으며 기사를 확인하던 직원들의 고개가 모두 김 대표를 향했다. 그 모습에 김 대표는 직원들을 둘러보곤 손을 들어 올리며 어깨를 으쓱거렸다.

"자, 일단 너희가 알아야 할 게 있어."

김 대표는 하나같이 화난 얼굴로 자신을 쳐다보는 직원들을 다시 둘러보고는 마저 입을 열었다.

"아는 사람도 있지만 모르는 사람도 있을 거야. 윤후에 대한 얘기다. 사실 윤후가 어렸을 때 조금 아팠어."

김 대표는 말을 뱉고는 직원들을 살폈다. 이미 알고 있는 대식은 진지한 얼굴로 고개를 끄덕이고 있었고, 다른 사람들은 몰랐던 얘기에 놀란 듯 서로를 쳐다보며 알고 있는지 확인했다.

"자폐증의 일종인데 서번트증후군이래. 데뷔 바로 직전까지도 병원을 다녔고."

김 대표의 간단한 말이 끝나자 사무실에 적막감이 흘렀다. 알고 있던 몇몇 직원은 고개를 끄덕거렸고, 모르고 있던 직원들은 김 대표의 말이 진실인지 거짓인지 궁금해하는 표정이었다.

"그래서 말이야, 우리도 준비해야 할 것 같아."

김 대표는 쉽게 말을 꺼내지 못하는 직원들을 쳐다봤다. 상당수가 이름 없는 회사에 있던 탓에 큰 회사가 부리는 수작에 대응하기가 어렵다는 것을 다들 알고 있을 것이다.

김 대표는 머리카락도 없는 머리를 비비고 입을 열었다.

"야, 우리 라온이야! 기죽지 마라! 너희가 할 일은 지금부터 한 시간 삼십 분짜리 영화 같은 기획안을 짜는 거다!"

김 대표는 이어 최 팀장을 쳐다봤다. 그러자 최 팀장이 고개를 꾸벅 숙이고 자리에서 일어나 김 대표 대신 입을 열었다.

"언제 터질지 모르니 오늘부터 야근에 들어가야 할 것 같습니다. 목표는 지상파, 정확히는 구 PD. 물론 자폐증이란 거 하나만으로도 분명 승낙하겠지만, 지금 우리의 목표는 Who의 모습을 속속들이 알게 해줄 수 있는 기획안입니다. 우선적으로 윤후의 천재적인 모습이 드러날 수 있도록 꾸밀 것, 그다음으로 사람들이 윤후의 표정이 왜 그런 것인지 이해할 수 있도록 최대한 극적이면서 아름답도록!"

김 대표는 너무 오버하는 최 팀장의 모습에 고개를 저었다.

"너무 힘주지 말고 자연스럽게 해."

*　　　　*　　　　*

윤후는 촬영 소식을 전해 듣고 모인 제이와 루아의 반응을 살폈다. 이미 알고 있던 제이는 평소와 다를 바 없이 떠들었고, 루아는 부담이 될 정도로 옆에 붙어서 자신을 살폈다. 하지만 불쌍하다거나 그런 눈빛이 아닌, 정훈에게서나 볼 수 있던 뿌듯해하는 눈빛이었다.

"야, 왜 그렇게 아들 보는 것처럼 윤후를 봐? 너 아들 있어?"

루아는 그제야 볼을 긁적이며 시선을 돌렸다. 그리고 이미 알고 있던 제이는 윤후가 들고 있던 종이를 차근차근 읽어 본 뒤 미친 듯이 크게 웃었다.

"하하하! 도대체 누가 천재래? 음악 말고는 할 줄 아는 거 아무것도 없잖아?"

"흠."

"저 봐. 지금도 내 눈 피하고 있잖아. 크크."

윤후 스스로도 주변에서 하도 천재라 치켜세우다 보니 천재까지는 아니더라도 머리가 좋다고 생각했다. 물론 일본어와 다른 기본 지식을 배우기 전까지만. 음악 같은 경우는 한 번만 들어도 악기의 구성과 멜로디를 비롯해 코드들이 저장되듯 머릿속에 박혔건만, 음악을 제외한 다른 경우는 아무리 노력해도 쉽게 되지 않았다. 그래서 제이의 말을 반박하지 못하고 불편한 기색을 내비치고 있었다. 도대체 김 대표가 무슨 생각으로 이런 기획을 짰는지 도무지 이해가 되지 않았다.

"이거 말해야 하는 거 아니야? 왜 대표님은 그걸 모르지? 너 일본어 공부하는 것만 봐도 금방 알 텐데."

"윤후는 영어라도 잘하는데 그쪽은?"

윤후는 루아의 옹호에 제이를 쳐다보며 고개를 끄덕거렸다. 제임스와 딘 덕분이기는 하지만 영어만큼은 자연스럽게 할 수 있었다.

"Need to speak Japanese? Say it English."

"뭐라는 거야? 너 뭐라고 그랬냐? 이거 웃긴 놈이네!"

윤후는 당황하는 제이의 모습을 보고선 그제야 피식 웃었다. 그리고 그때, 김 대표와 최 팀장이 휴게실의 문을 열고 들어섰다.

"뭐 하고 있는데 이렇게 시끄러워?"

"대표님, 이거 누가 짠 거예요?"

김 대표는 제이의 손에서 팔랑거리고 있는 종이를 받아 들었다.

"이거 왜? 기가 막힌데."

"하하, 저 아니면 정말 큰일 날 뻔하셨습니다. 이거대로 하면 윤후 멍청한 거 세상 사람들한테 다 알리는 거예요."

김 대표는 표정을 찡그리며 제이를 위아래로 훑었다. 그러고는 최 팀장을 쳐다보며 고갯짓으로 제이를 가리켰다.

"쟤 좀 어떻게 해라. 왜 저러냐. 윤후가 천재가 아니면 누가 천재야?"

"제이, 그거 사무실 직원들이 밤새워 가며 짠 거다. 말조심해."

"아니, 진짜라니까?"

제이는 억울한지 가슴을 두드리며 발을 동동 굴렀고, 김 대표는 그런 제이에게서 한 발 떨어져 고개를 젓고서 윤후에게 말했다.

"이따가 구 PD 만나러 갈 거야. 방송국으로 갈 거니까 좀 꾸미고 가자."

"네."

김 대표는 여전히 억울하다고 투덜거리는 제이를 보고는 고개를 저으며 휴게실을 나섰다.

*　　　　　*　　　　　*

KBC 방송국 근처 중식당에 약속 시간보다 일찍 도착한 김 대표와 윤후는 룸에서 느긋하게 기다리고 있었다. 김 대표는 라온의 전 직원이 머리를 맞대고 만든 기획안을 보며 가슴 안주머니에 넣어둔 만약을 대비한 자료가 담긴 USB를 확인했다. 만반의 준비를 마쳤기에 시간이 얼마나 되었는지 확인했다. 그때 문이 열리며 구 PD가 일행과 함께 들어섰다.

"어서 오세요, 구 PD님. 오랜만입니다."

구 PD는 김 대표가 약간은 껄끄러운지 어색하게 인사를 하고서 자신의 일행을 소개했다.

"이쪽은 저희 팀 메인 작가입니다. 이쪽은 라온 엔터 김 대표님."

구 PD와 부딪친 일 이후로도 방송을 하기는 했지만 아직 껄끄러움이 남아 있는 윤후까지 인사를 하고 나서야 모두가 자리에 앉았다. 다들 앉는 걸 확인한 김 대표는 서빙을 하려 서 있는 중식당의 종업원에게 양해를 구해 자리를 비켜달라고 하고서야 가방에서 종이를 꺼내 구 PD와 메인 작가에게 한 장씩 나눠 주었다.

"이게 뭡니까? 서약서?"

"하하, 얘기가 길어질 거 같아 식사를 하면서 얘기했으면 해서요."

"아니, 이게 무슨… 저한테 신세 갚겠다고 하신 거 아닙니까?"

"하하, 일단 거기에 서명하시면 다 말씀드리죠."

구 PD는 얼굴을 찡그리고 자신의 앞에 놓인 서약서를 가만히 들여다봤다.

기획안의 내용을 방송 당일 전까지 언론에 공개, 또는 방송을 하거나 SNS, 혹은 불특정 다수가 볼 수 있는 공간에 게시하지 않겠다.

상당히 긴 서약서의 내용에 구 PD와 작가가 서로를 보며 여기에 사인을 해도 되나 말아야 하나 눈빛을 주고받을 때, 김 대표의 말이 이어졌다.

"하하, 그만큼 중요한 얘기이다 보니 어쩔 수가 없습니다. 들어보시면 제가 왜 이러는지 알게 되실 겁니다."

구 PD가 서약서를 들여다보며 곤란하다는 얼굴로 말했다.

"앞에서 이런 얘기를 해서 죄송하지만, 지금 저희가 방송하기는 좀 곤란할 거 같아요."

김 대표는 어깨를 으쓱거렸다. 킹스터가 건네준 자료에 구 PD의 인터뷰 예정도 있었으니 무슨 소리를 들은 것이 분명했다.

"혹시 윤후에 대해서 인터뷰하셨습니까?"

구 PD는 김 대표의 말에 서약서를 내려놓았고, 그 모습을 본 김 대표는 피식 웃곤 말을 이었다.

"뭐 다 알고 있습니다. 하하! 혹시 인터뷰하신 건 아니죠?"

"안 했습니다. 할 이유도 없고."

"잘하셨네요. 하하!"

김 대표는 또다시 어깨를 으쓱거리며 작가와 구 PD를 번갈아 쳐다보고는 천천히 입을 열었다.

"사인하면 깜짝 놀랄 만한 일을 말씀드리죠. 들어보시고 아니다 싶으면 서약서 내용대로 다른 곳에 발설하지만 말고 두 분만 알고 계시면 됩니다."

구 PD는 자신만만한 김 대표의 얼굴에서 호기심을 느끼고는 심각하게 고민했다. 그때, 김 대표가 자신의 휴대폰을 꺼내 들고 씨익 웃는 것이 보였다.

"이건 맛보기."

―…바쁘다니까요? 아 참, 한국말 몰라요?

―어제도 내일 오신다고 하셨잖습니까. 저희 계속 기다리고 있는걸요. 늦게라도 와주시면 안 되겠습니까?

―그럼 스케줄 잡혀 있는 걸 어떡하라고요. 내일 간다고요, 내일!

"하하, 목소리 들으셔도 누군지 모르시죠? 하하!"

김 대표는 휴대전화를 다시 테이블에 내려놓으며 한쪽 입꼬리를 씨익 올리고서 입을 열었다.

"레미니. 인터뷰를 했는지 안 했는지는 모르지만 이미 대응책이 다 있습니다."

김 대표에게 한번 당한 구 PD는 인터뷰를 안 하길 다행이라고 생각했다. 그러고는 작가를 보며 한번 들어보자는 듯 고개를 끄덕였다. 작가마저 고개를 끄덕이자 구 PD는 곧바로 펜을 들었다.

"하하, 잘 선택하셨습니다. 제가 정말 구 PD님께 신세를 갚을 수 있게 돼서 영광입니다."

구 PD는 갑자기 분위기가 사기꾼처럼 변한 김 대표의 말에 서약서를 찢어버릴까 고민했다.

김 대표가 꽤 많아 보이는 서류를 건넸다.

"일단 식사부터 하면서 천천히 보시죠."

그제야 김 대표는 주문한 음식을 들여오라고 했고, 식당의 종업원들이 서빙을 하느라 수시로 들어오는 통에 대화를 하지 않고 묵묵히 식사를 했다. 코스 요리가 거의 끝나갈 때쯤, 김 대표가 건넨 기획안을 보던 구 PD가 고개를 들고 묵묵히 식사하는 윤후를 쳐다봤다.

"너… 정말 자……."

"구 PD님!"

김 대표는 서빙을 하느라 뒤에 서 있는 종업원을 가리켰고, 구 PD는 그제야 자신이 실수했다는 것을 인정하고 입을 다물었다. 기획안에 담긴 내용이 너무나 충격적이라서 젓가락을 내려놓은 상태로 윤후를 관찰하기 시작했다.

어느덧 식사가 끝나고 차가 들어오고서야 자리를 비운 종업원을 확인한 구 PD가 급하게 입을 열었다.

"너… 자폐증이라고?"

"네."

"어디가? 어딜 봐서?"

구 PD는 사실을 확인하고 싶은 마음에 직설적으로 물었고, 자신을 무표정으로 쳐다보고 있는 윤후의 모습에 실수했다는 것을 알아챘다.

"아, 미안하다."

"괜찮습니다."

그러고 보니 이상할 정도로 표정이 없었다. 그 때문에 자신도 오해를 해서 윤후와 부딪쳤다. 지금 역시도 여전히 무표정인 채 후식으로 나온 커피에 설탕을 들이붓고 있었다. 연기일까, 진실일까 헷갈리는 상황에 구 PD는 시선을 돌려 김 대표를 쳐다보며 물었다.

"정말 병원까지 가서 촬영해도 된단 말씀입니까?"

"네, 물론."

당당한 김 대표의 말에 구 PD는 생각에 잠겼다. 아직 터지진 않았지만 터진다 하더라도 전부 반박할 증거가 있고,

윤후가 자폐증이었다는 사실을 가지고 방송을 하게 된다면 상당한 이슈를 몰고 올 것이다. 구 PD는 같이 온 작가를 쳐다봤고, 자신과 마찬가지로 고개를 끄덕거리는 모습을 확인하고 입을 열었다.

"좋습니다. 일단 제작 회의를 해야 하니까 회사로 돌아가서 회의를 한 다음에 연락드리겠습니다."

"하하, 그러시죠. 그럼 이것부터. 웃챠."

구 PD는 김 대표가 내민 종이 뭉텅이를 보고 다시 김 대표를 쳐다봤다.

"가서 얘기 들으실 분 많을 거 같은데 서약서 쓰셔야죠. 하하!"

*　　　　*　　　　*

윤후는 휴게실에서 멍하니 앉아 방 구석구석을 살펴보고는 한숨을 내쉬었다. 방 구석구석에 캠 카메라가 달려 있었고, 심지어는 화장실에까지 카메라가 있었다. 이리 봐도 카메라, 저리 봐도 카메라, 회사 내의 어딜 가도 사방팔방 카메라인 탓에 방에서 나가기 싫었지만, 촬영 스케줄 때문에 나가지 않을 수가 없었다. 그저 후 TV 정도라고 생각한 것이 실수였다. 윤후는 방에 달린 카메라들을 한 번씩 훑어보며 방을 나섰는데 휴게실에 모여 있는 사람들이 보였다. 루아와 제이는 소파에 앉아 있었고, 회사 직원들은 휴게실 문 앞에 옹기종기 모여 촬영을 구경했다.

"왜 이렇게 늦게 나와? 빨리 와."

방에서 나오자마자 카메라 한 대가 더 붙었다. 윤후는 고개를 저으며 거실 소파에 털썩 앉았다. 그러고는 자신을 쳐다보고 파이팅이라도 하라는 듯 주먹을 들어 올리는 직원들과 그들의 가운데에 서 있는 김 대표를 쳐다봤다. 윤후는 이내 고개를 돌리고 앞에 앉은 제이를 보며 입을 열었다.

"노래 맞히기만 해요."

제이가 피식 웃고는 알았다는 듯이 고개를 끄덕였다. 그때 한쪽에 있던 작가가 나서며 입을 열었다.

"그건 이미 보여줘서 안 돼요. 저희 제작진에서 준비한 대로 부탁드려요. 자, 여기 이거 받으시고요."

윤후는 작가가 건네준 물건을 들여다봤다. 직접 만져본 적은 없지만, TV나 인터넷에서 가끔 보던 트럼프 카드였다.

"60초 동안 어디까지 외우나 맞히시면 되거든요? 간단하니까 그냥 하던 대로 보여주세요."

앞에 앉은 제이는 피식거리고 있었고, 뒤에 있는 김 대표를 비롯한 직원들은 기대하고 있을 것이 뻔했기에 아예 돌아보지도 않았다. 그리고 그때, 작가가 타이머를 설정하고 시작하라는 사인을 줬다.

모두가 흥미롭게 윤후의 모습을 살폈고, 김 대표는 뭐가 그리 좋은지 환하게 웃고 있었다. 그리고 1분이 지나자 작가가 카드를 빼앗고는 말을 하라는 듯 윤후를 보며 손을 들어 올렸다.

"7 스페이드."

"정답!"

"와! 그럼 그렇지! 봤지? 우리 윤후 천재다!"

윤후가 첫 카드를 맞히자 직원들은 자신들끼리 어깨동무까지 해가며 응원을 했고, 제이는 약간 놀란 얼굴로 윤후를 쳐다봤다. 그럼에도 윤후는 여전히 무표정으로 다음 카드를 말했다.

"K 클로버."

"……."

환호성을 지를 준비를 하고 있던 사람들은 작가의 반응에 긴장하며 지켜봤고, 작가는 얼굴이 일그러진 채 윤후를 쳐다봤다.

"헷갈리신 거 같은데……."

"K 하트."

"……."

작가는 무표정으로 자신 있게 말하는 윤후의 모습에 자신이 잘못 봤나 생각하고 손에 들린 카드를 살폈지만, 윤후가 대답한 카드와는 거리가 멀었다.

그래서 뒤에 있는 김 대표를 쳐다봤다.

"하하, 아직 피곤한가 봅니다. 야, 오윤후! 너 인마, 어제 또 늦게 잤지. 다시 한번 부탁드립니다. 하하!"

다시 한다고 달라질 게 없었다. 첫 장은 기가 막히게 말하고 두 번째 장부터는 맞히지를 못했다. 그래서 제작진에서는 카드를 바꿔 예능에서 흔히 하는 나라의 국기들이 그려진 카드를 보여주고 수도 맞히기를 했지만 윤후가 맞힐 리가 없었다. 제작진은 표정이 일그러졌고, 라온의 직원들은 멍하니 윤후를 쳐다봤다. 그때, 제이가 피식 웃으면서 김 대표를 보며 말했다.

"제 말이 맞죠? 얘는 음악 빼면 오히려 좀······."

그때 마침 다른 현장의 지시를 마치고 들어온 구 PD의 표정이 제이의 말에 일그러졌고, 그런 상태로 김 대표를 쳐다봤다.

"천재······?"

김 대표 역시 당황한 얼굴로 윤후를 쳐다보고만 있을 때, 제이가 크게 웃으며 자신의 휴대폰을 꺼내 들었다.

"이건 신기하실 걸요? 한번 보세요."

제이는 휴대폰에 있는 피아노 앱을 작동시키고 윤후를 쳐다봤다. 그러고는 씩 웃으며 동시에 여러 건반을 눌렀다. 화면이 작은 휴대폰이다 보니 여러 개를 누를 수가 없었지만, 건반을 누른 제이는 윤후를 쳐다보며 맞혀보라는 듯 고개를 까닥였다.

"레, 미, 파, 시, 샵."

제이는 자신을 쳐다보고 있는 사람들을 향해 입꼬리를 올리며 어깨를 으쓱거렸다.

"보셨죠? 이번엔 더 신기한 거 보여드릴게요."

제이는 윤후를 쳐다보며 피식 웃었고, 윤후는 제이와 눈을 맞추고 고개를 끄덕거렸다. 카드 맞추기 같은 것은 못하지만 이 정도는 익숙했다. 조금은 편안한 마음으로 제이가 건반 치는 것을 지켜볼 때, 뒤쪽에 있던 구 PD가 나섰다.

"이렇게 하면 검증이 안 되니 제가 한번 두드려 보죠. 그래도 괜찮겠죠?"

"네."

"제가 두드리고 나면 연주해 주시면 되겠습니다. 가능하신가요?"

"네, 해볼게요."

카메라 앞이라서 그런지 존대를 하는 구 PD를 보며 고개를 끄덕거렸고, 구 PD는 자신의 옆에 있는 촬영 팀을 보고 휴대폰 건반을 찍으라고 지시했다. 그러고는 구 PD가 시작이라는 말과 함께 건반을 마구잡이로 두드리기 시작했다.

"아니, 저걸 어떻게 맞혀? 저렇게 두드리는데!"

김 대표는 자기 생각과 다르게 흘러가는 모습에 불안한지 연신 대머리를 비비고 있었다. 윤후를 못 믿는 것은 아니지만, 기획안대로 흘러가야 루머에 대응할 수 있기에 불안한 마음은 어쩔 수 없었다.

그때, 30초가량 건반을 두드리던 구 PD의 손이 멈췄다. 마구 두드린 탓에 구 PD 역시도 뭘 연주했는지 몰랐다. 그러고는 고개를 들어 앞을 바라보니 당황한 듯한 제이의 모습에 자신이 너무 과했다는 것을 느끼고는 다시 하려 할 때 무표정인 윤후가 앞에 놓인 휴대폰을 가져갔다. 테이블에 휴대폰을 올려두고 건반 위에 손을 올리며 고개를 들어 구 PD를 쳐다보던 윤후가 입을 열었다.

"해요?"

"지금 그거?"

"네."

"외웠어? 어, 해봐."

순간 당황한 구 PD는 자신이 반말을 뱉었는지도 모르고 윤후를 쳐다보았다. 고개를 끄덕인 윤후가 손을 움직이기 시작했다. 휴게실에 있는 사무실 직원들과 촬영 팀도 이 흥미진진한 상황에 아무런 말도 않고 윤후의 모습을 지켜보고 있었지만, 구 PD가 마구잡이로 연주한 탓에 윤후의 연주도 마구잡이처럼 들려 비교하기가 어려웠다.

윤후는 한 음, 한 음 떠올리며 연주했다. 음악 같지도 않은 건반 두드림에 인상을 쓰면서도 회사 직원들이 한 노력을 생각하며 열심히 두드렸고, 마지막 건반을 두드리고서야 손을 내려놓았다.

"끝."

다들 어떻게 반응해야 할지 몰라 했고, 구 PD는 이마를 긁적이며 윤후의 촬영을 담당한 VJ에게 카메라를 달라고 손짓했다. 그러고는 아까 자신이 두드린 영상과 윤후의 연주 영상을 동시에 틀었다. 사람들이 촬영 중이라는 것을 잊었는지 슬금슬금 다가왔다.

각각의 영상에서 마구잡이 소리가 들리기 시작했다. 그런데 두 개의 영상이 마치 하나의 소리처럼 들려오고 있었다. 처음부터 끝까지 하나의 영상에서 나오는 소리처럼 들려옴에 사람들은 마른침을 삼켰다. 그때, 마지막 한 음이 엇갈리는 듯 들려 모두의 머리가 윤후에게로 돌아가자, 윤후가 여전히 무표정인 채로 건반을 가리키며 입을 열었다.

"마무리는 화음."

김 대표는 어이가 없는지 머리를 쥐어박는 시늉을 하며 크게 웃었다.

"누가 그런 거 하래? 어떻습니까, 구 PD님? 하하!"

구 PD는 크게 웃는 김 대표를 보며 그 정도면 됐다는 얼굴로 고개를 끄덕이고는 말했다.

"일단은 뭐 소리 연구소나 전문 업체에 의뢰를 해보고 판단하죠. 그리고 비슷하게 몇 컷 더 담아보죠. 어때? 할 수 있겠어?"

"네."

윤후는 어렵지 않다는 듯 고개를 끄덕이며 자신을 향해 엄지를 치켜세우고 미소를 짓고 있는 제이를 보며 피식 웃었다. 제이가 아니었다면 촬영이 제대로 이루어지지 못했을 것이다. 그때, 촬영 팀 스태프로 보이는 사람이 급하게 휴게실 문을 열고 들어왔다. 그는 윤후의 얼굴을 쳐다보고는 구 PD의 귀에 대고 속삭였다.

"뭐? 기다려 봐!"

갑자기 소리치는 구 PD의 말에 휴게실에 있던 사람들이 모두 구 PD를 쳐다봤고, 구 PD는 얼굴을 찡그리고 옆에 서 있는 김 대표에게 물었다.

"촬영 좀 빠르게 진행해야겠는데요? MBS 뉴스스토리에서 대작 논란 제보를 받기 시작했답니다."

김 대표는 어깨를 으쓱거리고는 윤후를 보며 말했다.

"윤후야, 너 그거 받아놨어?"

"뭐요?"

"사진 말이야!"

"아, 지금 달라고 할게요."

윤후는 곧장 휴대폰을 꺼냈고, 김 대표는 별일 아니라는 듯 구 PD를 보며 씩 웃었다.

*　　　*　　　*

라온의 식구들은 하나같이 뿌듯한 얼굴로 윤후를 바라봤고, 제작진은 모두 궁금한 얼굴로 통화하는 윤후를 봤다. 그리고 한참을 통화하던 윤후가 김진주를 보며 물었다.

"제 메일 주소가 뭐예요?"

"네? 아, 후님 메일 주소는 SixthWho98@Finon.com이랑 Who@laon.net이요!"

"회사 메일이요."

"아, LaonEnt@laon.net이요!"

대답을 들은 윤후는 곧장 전화하는 상대방에게 말했다.

"이 기자님이 찍은 거 LaonEnt@laon.net으로 보내주세요."

그제야 제작진은 윤후가 지금 통화하고 있는 상대가 기자라는 것은 알았다. 구 PD는 설마 기자에게 아니라고 보도를 내달라는 건가 하는 생각도 들었다. 잠시 뒤 윤후의 휴대폰에 메시지가 도착했다.

"메일로 보냈대요."

그러자 김진주는 구 PD에게 양해를 구하고 앞에 있는 태블릿 PC로 메일을 확인했다. 이 기자는 상당한 양의 사진을 보내왔고, 이것들을 도대체 언제 찍었는지 윤후의 데뷔곡을 정하기 위해 한 공연부터 현재까지의 수천 장의 사진을 보내왔다. 이미 얘기를 들어 알고 있던 김진주는 곧바로 사진 한 장을 찾아서 화면에 띄웠다.

"여기요."

김진주의 말에 구 PD가 태블릿 PC 앞으로 다가왔다. 사진을 들여다본 구 PD는 사진들이 무슨 증거가 된다는 건지 이해가 되지 않았다. 김 대표에게 고개를 돌리자 김 대표가 씩 웃으며 윤후의 등을 두드렸다.

"보여 드려! 확실하게! 하하하!"

이주희가 보낸 사진에는 윤후의 '스마일' 앨범 표지와 같은 장소에서 대식을 비롯해 당시 있던 사람들을 찍어주는 장면이 담겨 있었다. 그 사진을 윤후가 확대해 구 PD에게 보여줬다.

"오, 이런 게 있었어? 이거면 괜찮겠는데?"

확대한 사진에는 윤후가 들고 있는 카메라 모니터에 대식의 모습이 담겨 있었다. 앨범 사진과 똑같지만 대상이 달랐다. 윤후는 마찬가지로 그런 사진이 한두 장이 아니라 수십 장이라는 것을 손가락을 찍어 직접 한 장, 한 장 확인시켜주었다. 그러자 구 PD는 직접 태블릿 PC를 들고 제작진에게 갔다.

김 대표는 일이 잘 풀려 다행이라는 얼굴로 윤후를 봤다. 킹스터가 주고 간 USB를 처음 봤을 때 윤후는 오히려 재미있다고 하며 그 이유를 설명했다. 김 대표는 물론이고 덥덥이라는 김진주조차 모르는 사진들이었다.

지금은 라온에서 팬카페 운영을 넘겨받았지만, 운영자가 이주희이던 당시 윤후의 기사를 위해 찍은 사진들을 자신과 윤후만이 볼 수 있는 카테고리에 올려놓았다. 하지만 운영자를 회사에 넘기면서 기사 자료이다 보니 카테고리를 삭제했기에 김진주가 알 턱이 없었다.

"팬카페에서 살다시피 한 보람이 있구먼."

대식의 말에 김 대표는 피식 웃으며 윤후의 등을 두드렸다. 그리고 엄지를 척 내밀고 일어서서 회의하는 구 PD에게 갔다. 마치 제작진의 한 사람처럼 시끄럽게 의견을 내놓고 있었다. 그리고 한참 후에야 돌아온 구 PD가 윤후를 보며 말했다.

"내일 녹음하는 장면 촬영인데 좀 바꾸자."

"어떤 촬영이요?"

"혹시 저쪽에서 바로 방송해 버리면 우리는 기사로 내보내야 하거든. 그러면 곤란하잖아. 그래서 예고편이라도 써야해. 그리고 라온에서 준 기획안 보니까 네가 앨범 표지 사진 찍는 거 있잖아? 그거부터 촬영했으면 좋겠는데."

윤후가 승낙하자 구 PD는 다시 촬영 스케줄을 확인하고 조연출을 불렀다.

"여기 사유지 같은데… 촬영 협조 요청했지?"

"네. 충남 공주. 그런데… 김 PD님이랑 제가 사전 답사를 다녀왔는데… 그냥 산이던데……."

구 PD는 대화를 하다 말고 멀뚱히 앉아 있는 윤후를 바라봤다. 어떤 사진을 찍으려고 산을 가려 하는지 이해가 되지 않았다.

* * *

라온 엔터의 상황을 모르는 숲의 엄 본부장은 회사 내 촬영 팀에서 준비한 자료를 만족스러운 얼굴로 봤다.

사진작가 김하온 — 전문가가 아니고서는 절대적으로 불가능한 사진.

최태훈 — 몇 날 며칠을 기다려도 찍기 힘든 사진을 뚝딱 찍었다는 것은 사골국을 1분 만에 끓였다는 것과 마찬가지.

박상민 — 타이머로 지금 같은 사진을 찍었다는 것은 불가능하다.

뉴스 스토리.

대가를 받고 타인의 작품을 대신하다가 피해를 보신 분들과 타인을 대신해 대작, 또는 대필을 하는 분들의 제보를 기다립니다.

전화: 02)2113—xxxx

메일: newsstory@Mbs.co.kr

MBS에 넘길 자료들이고, 사진작가로 활동하고 있는 사람들의 인터뷰 전문이 실려 있었다. 그 밑으로 모자이크 처리가 되어 있지만, 윤후의 앨범 재킷 사진을 한 번이라도 본 사람이라면 알아볼 수 있는 사진이 게재되어 있었다.

그 밖에도 레미니의 인터뷰와 숲 소속의 'Rider'의 인터뷰 역시 만족스러웠다. 터뜨리기만 한다면 이슈 몰이가 되는 건 순식간일 것이다. 자료들을 훑어보던 엄 본부장은 얼마 전 자신에게 욕을 하고 끊은 뒤 연락이 없는 김 대표를 생각하며 미소를 지었다. 이어 콧노래까지 흥얼거리며 김 대표에게 전화를 걸었다.

─여보세유?

"......."

―여보세유? 누구서유?

"김기상 씨 핸드폰 아닙니까?"

―맞는디, 누구신데유?

그때, 전화 너머로 김 대표의 목소리가 들려왔다.

―허억, 허억! 누군데? 숨차니까 이따 전화한다고 그래.

―몰라유. 전화기에는 스포츠맨이라고 나오는디유?

―아, 양심도 없는 새끼네. 스포츠 하는 새끼가 작전타임 중에 전화하고 지랄이야. 그냥 끊어버려. 스포츠 정신도 없는 새끼.

전화가 뚝 끊겨 버렸다. 자신이 생각하던 것과 전혀 다른 반응에 본부장은 멍하니 끊긴 휴대전화를 쳐다봤다. 한참을 쳐다보다 정신을 차렸는지 얼굴이 구겨질 대로 구겨졌다.

*　　　*　　　*

이른 아침부터 회사 앞에 보이는 기자들을 피해 충남 공주의 어느 산 밑에 도착한 윤후 일행은 차에서 내려 미리 와 있는 제작 팀에게 다가갔다. 제작진은 김 대표와 대식을 쳐다보고 고개를 갸우뚱거렸고, 그 뒤에 오는 윤후를 보고서 혀를 찼다. 침대 매트리스에 끈을 둘둘 말아 가방처럼 등에 메고 서 있는 윤후였다.

"어? 그걸 메고 산에 올라가려고?"

"네."

"무덤이 가까이 있나 봐?"

"산꼭대기래요."

제작진은 윤후의 말에 앞에 보이는 산을 쳐다봤다. 시골에 있는 흔하디흔한 낮은 산이었지만, 과연 등에 저 커다란 매트리스를 짊어지고 올라갈 수 있을까 걱정스러웠다.

"가죠."

사람들의 걱정과 달리 윤후는 성큼성큼 걸으며 제일 앞장선 제이의 뒤를 따라붙었는데 문제는 김 대표였다.

"내가 짐꾼도 아니고, 대식이 너 인마! 내 박스에 더 넣은 거 아니야?"

"바꾸실래유?"

분해되어 있는 조립식 침대를 나눠 들고 오는 김 대표는 얼마 올라가지도 않았는데 추운 날씨에도 불구하고 머리에 땀방울이 맺히기 시작했다.

"어우, 힘들어! 야, 이거나 받아라."

대식은 김 대표를 보고 피식 웃고는 건네받은 외투를 들고 성큼성큼 산을 올랐다. 산에는 길도 제대로 나 있지 않기에 길을 만들며 산을 오르던 중 김 대표의 전화가 울렸다.

대식은 전화기를 꺼내 들어 밑에서 올라오는 김 대표에게 흔들었고, 김 대표는 받아보라며 손을 휘저었다.

"여보세유? 누구셔유?"

—김기상 씨 핸드폰 아닙니까?

"맞는디, 누구신데유?"

들려오는 대답이 없자 대식은 밑에서 올라오는 김 대표에게 크게 소리쳤고, 김 대표가 하는 말을 제대로 알아듣지 못하고 단지 욕을 하는 소리에 입을 씰룩거리며 전화를 끊었다.

앞에서 대식의 목소리를 듣고 있던 윤후는 매트리스를 한 번 둘러업고는 잠시 멈춰 서서 대식을 기다렸다. 대식이 올라오자 물었다.

"뭐래요?"

"몰러. 이따 알아서 전화허겠지."

윤후는 별 내용이 없음을 확인하고 다시 산을 올랐다. 윤후도 스포츠맨이 누구인지 정확히 알지는 못하지만, 숲 엔터 사람이라는 것은 알고 있었다. 그렇기에 분명 김 대표에게 전화를 건 이유가 있을 것이다. 그러다 혹시 다른 사건이 생겼나 싶어 휴대폰을 꺼내 들어 확인했지만 전과 다른 것은 없었다.

"허억, 허억! 어디까지 올라가야 해요?"

"이제 다 왔어요."

"다들 운동 좀 허야 쓰겄네. 근디 제이 너, 고향이 여기인 겨?"

대식은 다른 사람보다 유독 큰 상자를 들고 올라오고 있음에도 마치 비어 있는 상자라도 되는 듯 팔팔하게 산을 오르고 있었다. 여기저기 산을 둘러보며 산 내음을 맡는 대식의 모습에 제이가 피식 웃으며 대답했다.

"우리 아버지 고향이시다."

"그려? 나 이 옆 동네 살았는디 혹시 알지도 모르겄네. 월암리라고."

"나 서울 사람이라니까? 내가 니가 살던 동네를 어떻게 알아?"

"향지리랑 월암리랑 가까워서 알지도 모른다 이 말이여. 아버님은 워째 여기 사시는 겨?"

충남 공주 출신인 대식은 바로 옆 동네가 고향이라는 말에 반가움을 내보였지만, 제이는 대답도 하지 않고 고개를 저으며 성큼성큼 걸어 올라갔다. 그리 높지 않은 산이지만 제대로 난 길이 아닌 고불고불한 산길을 걸어야 했고, 그 때문에 루아를 비롯해 촬영 팀은 두꺼운 패딩의 지퍼를 열고 숨을 가쁘게 몰아쉬고 있었다.

"잠깐 여기에서 쉬어요. 조금만 올라가면 돼요."

윤후가 메고 있던 매트리스를 내려놓자 겨우 따라 올라온 김 대표가 숨을 몰아쉬며 물을 마시더니 윤후를 쳐다보며 고개를 저었다.

"하여간 대단해. 안 무겁냐?"

"무거워요."

다들 도와준다는 것을 뿌리치고 커다란 매트리스를 등에 메고 산을 탄 윤후였다. 하지만 윤후와 달리 힘들어하는 일행은 두 개의 봉분이 보이는 무덤 근처임에도 불구하고 짐을 내려놓고 바닥에 주저앉았다. 다들 무덤에서 약간 떨어진 장소에 앉아 있었지만, 제이는 두 개의 무덤 앞에 서 있었다. 그때 대식이 약간 떨어진 곳에서 하는 말이 들렸다.

"야, 제이! 남의 무덤에 함부로 다가가고 그러는 거 아니여! 벌초까지 헌 거 보면 가족 있는 무덤 같은디, 어여 이리 와!"

제이는 피식 웃고는 무덤을 하나씩 가리켰다.

"남이라니? 우리 아버지, 어머니시다!"

예전에 제이에게 직접 듣기는 했지만 지금 쉬고 있는 곳이 백수 아저씨와 제이 부모님의 무덤임을 몰라 한쪽에 앉아 있던 윤후는 자리에서 일어나 제이에게로 걸어갔다. 그러고는 다짜고짜 무덤에 대고 절을 했다.

"안녕하세요. 오윤후입니다."

절을 하며 인사하는 윤후의 모습을 멀뚱히 쳐다보던 제이는 기가 찬지 피식 웃었다.

"세배하는 것도 아니고 절하면서 뭔 인사를 해? 그래도 뭐 안 해본 것투성이더만 절은 해봤나 보네?"

"네. 엄마 기일에."

"아, 그러고 보니 우리 공통점이 좀 있구나. 하하!"

윤후는 어깨를 으쓱하고는 제이 부모님의 무덤을 쳐다봤다.

'백수 아저씨도 제이 형도 전부 감사한 분들이네요. 감사합니다.'

윤후는 진심을 담아 인사를 하고 나니 백수 아저씨를 만나고 싶은 생각이 더 커졌다. 그래서 출발하자는 말을 꺼내려 했다. 근데 제이가 어딘가를 보며 찡그리고 있었다.

"뭐 하냐, 너네?"

"기도."

"말을 허지. 몰랐잖여."

대식과 루아가 올리고 있던 손을 내려놓았다.

"내가 천주교라서 말이여. 기도허는 거여."

"나도 마찬가지."

윤후마저도 진지하게 기도하는 대식과 루아의 모습에 피식 웃었다. 항상 티격태격하기는 해도 이 많은 사람 중에 인사를 하는 사람은 대식과 루아뿐이었다. 제이도 어이가 없는지 두 사람을 가만히 쳐다보고는 못 말리겠다는 얼굴로 고개를 저었다.

"자, 거의 다 왔으니까 올라가죠."

일행이 짐을 챙기자 제이는 다시 앞장서서 출발했고, 이번에는 꽤 길이 넓어 윤후는 제이의 옆에 섰다.

"그런데 무덤에서 사진 찍는 건 좀 그렇지 않아?"

"괜찮아요."

"우리 형이 무슨 왕도 아니고… 사람들이 싫어할 거 같은데……."

"멀었어요?"

"말 돌리기는. 어떻게 찍을 건지 아직도 말 안 해줄 거야?"

윤후는 이미 정했기에 생각을 바꿀 마음이 전혀 없었다. 게다가 촬영할 장소도 처음으로 가는 것인데 어떻게 촬영할지 구상을 했을 리가 없었다. 오로지 장소만 생각한 윤후였다.

"너… 설마 생각도 안 한 건 아니지? 아니지. 그랬으면 저 무거운 걸 들고 왔을 리가 없지."

윤후는 대답도 안 하고 아무 말 없이 걸었고, 얼마 걷지 않아 백수 아저씨의 무덤으로 보이는 곳에 도착했다. 제이가 말하지 않아도 단번에 느껴졌다. 항상 햇살이 비추는 창가에 누워 있길 좋아하던 백수 아저씨처럼 지금 보이는 무덤에는 근처에 나무가 많음에도 그늘 한 점 없이 볕이 가득했다. 커다란 나뭇가지가 창문 모양의 그림자를 만들고 있음에 '눕고 싶어'의 가사를 떠올린 윤후는 참 백수 아저씨답다는 생각에 미소 지으며 등에 메고 올라온 매트리스를 내려놓았다. 그러고는 꼴찌로 올라오고 있는 김 대표에게 다가가 짐을 건네받았다.

"너 할 줄도 모르잖여. 내가 헐 테니까 너는 지둘려."

"괜찮아요."

대식의 만류에도 윤후는 촬영 팀이 준비하는 동안 대식의 옆에 붙어 상자 안에 든 내용물을 조립하기 시작했다. 제법 쌀쌀한 날씨임에도 불구하고 무덤가에는 햇빛이 비추고 있어 따뜻함을 느끼며 작업을 했다. 그리고 촬영 팀이 준비를 마칠 때쯤, 윤후와 대식 역시 조립을 완성했다.

"휴, 살다 살다 산에 침대를 가져와 보기는 처음이여. 그려, 안 그려?"

윤후는 피식 웃고는 자신이 들고 온 매트리스를 침대에 털썩 올려놓았다. 침대가 완성된 모습을 보고서야 윤후는 씨익 웃고 침대에 앉았다. 그러고는 아무 말도 없이 백수 아저씨가 묻혀 있는 무덤을 바라보며 주머니에서 주섬주섬 무언가를 꺼내 입에 물었다.

"야, 이 시끼야! 이 시끼가 이거 미쳐 부렀어! 가수가 담배를 펴?"

대식의 버럭거림에도 윤후가 어깨를 으쓱하고 담배를 입에 물고 불을 붙이려 할 때, 옆에 있던 제이가 침대에 털썩 앉으며 담배를 뺏어갔다.

"누가 보면 네가 가족인 줄 알겠다. 크크."

윤후는 담배에 불을 붙여 무덤에 꽂는 제이를 바라보며 그제야 백수 아저씨에게 인사를 건넸다.

'오랜만이에요. 보고 싶었는데… 그래도 아저씨가 좋아했던 담배랑 침대도 가져왔어요.'

"뭘 그렇게 애잔하게 쳐다봐?"

"……."

"좋아할걸? 맨날 누워 있었는데… 이제 계속 누워 있을 거 아니야. 침대가 아니라서 등은 좀 배기겠지만."

윤후는 자신의 어깨에 손을 올리며 농담을 건네는 제이의 말에 피식 웃었다. 그렇게 누워 있고 싶어서 만든 노래도 '눕고 싶어'였고, 'Spider Web' 역시도 백수 아저씨의 영향이 상당 부분 들어가 있었다.

하염없이 무덤을 바라보며 일어날 줄 모르던 윤후가 드디어 침대에서 일어섰다. 그제야 촬영을 시작할 것 같다는 생각에 제이와 루아도 따라 일어섰고, 촬영 팀의 카메라가 붙기 시작했다.

"어떻게 촬영해? 아무리 봐도 앨범하고는 어울릴 것 같지 않은데."

"흠."

"뭐야? 생각도 안 한 거야? 그럼 침대는 뭐 하러 죽어라 들고 왔냐?"

윤후는 제이의 질문에도 그저 산책하듯이 터벅터벅 무덤 주변을 돌기 시작했다. 몇 바퀴를 돌았는데도 끝도 없이 무덤가를 빙빙 돌기만 하자 보다 못한 담당 작가가 윤후에게 다가가려 했다. 그때 무덤의 뒤쪽 가장 높은 곳을 서성이던 윤후가 제이와 루아를 보고 크게 소리쳤다. 그러고는 무덤 위에 엎드렸다.

"발은 땅에 대고 가로로 누워보세요. 루아 선배님도."

"야, 너 우리 형 무덤에 올라가서 뭐 하냐? 어휴! 하긴 좋아하겠네."

루아까지 눕자 윤후가 무덤 위에 엎드린 채 앞으로 갔다 뒤로 갔다 반복하며 자리를 잡았다. 모두가 이상한 얼굴로 윤후를 쳐다보자 무덤에서 고개만 내민 윤후가 대식을 불렀다.

"대식이 형, 가운데 누워주세요."

그러자 대식은 윤후가 무엇을 할 줄 알기에 옆에 있던 촬영 팀에게 가라고 떠밀었다.

"형이 와주세요."

"눕고 나서 무덤에 엎드려서 사진 찍으라고 하면 죽일 거여. 분명 말했다. 나 천주교인이라고."

"타이머로 찍을 거예요. 걱정 마세요."

그러자 대식이 못마땅한 얼굴로 작은 침대 가운데에 털썩 누웠다. 윤후는 대식까지 눕자 다시 카메라 앵글에 잡히는 세 사람을 관찰했다. 그러고도 마음에 안 드는지 무덤 위에서 한참 동안 엎드려서 왔다 갔다 했다. 그러다가 앵글이 마음에 드는지 앵글과 LCD 모니터를 확인하고는 대충 셔터를 눌렀다. 이어 일어서서 사진을 확인했다.

"흠?"

윤후는 사진을 확인한 후 다시 무덤 위에 엎드렸다. 분명 찍힌 사진에는 보인 것이 지금은 보이지 않았다. 그래서 같은 위치에서 몇 번을 더 찍고 다시 사진을 비교했지만, 처음 사진에 보이던 것이 전혀 없이 깨끗했다. 그 모습을 지켜보던 구 PD는 이유를 모르겠는지 윤후의 뒤에서 촬영하는 VJ에게 물었다.

"왜 그래? 사진이 잘 안 나와?"

"아니요. 이거 완전 대박이에요."

카메라에 찍힌 사진을 보고 있는 윤후를 대신해서 VJ가 대답했다. 그 때문에 현장에 있던 사람들은 궁금한 얼굴로 윤후를 기다렸고, 윤후는 고개를 갸우뚱거리며 무덤 위에서 옆으로 내려왔다.

"보여줘 봐."

윤후는 몰려드는 사람들을 보며 카메라를 구 PD에게 넘겨줬다. 구 PD는 사진이 잘 나와야 방송에 쓸 수 있다는 생각에 긴장하며 윤후가 찍은 사진을 확인하기 시작했다. 그러자 사진이 궁금한 사람들이 구 PD 옆으로 옹기종기 모였다.

"와, 소름."

"하나도 무덤처럼 안 보이는데? 무덤이 잔디밭처럼 나왔어. 무슨 동산 위에서 찍은 것 같아."

구 PD는 옆에서 감탄하는 사람들의 말을 들으며 고개를 끄덕거렸다. 무덤 위에서 엎드린 이유가 이것이었다. 엎드려서 무덤 윗부분을 화면에 살짝 걸치게 하고 침대에 누워 있는 세 사람의 상체만 찍어놓았다.

넓은 벌판 한가운데에 길게 나 있는 풀숲에 숨어 쉬고 있는 동물을 촬영한 느낌이었다. 전체적으로 평화롭게 보이지만 시점을 찍힌 위치라고 생각하면 묘하게 긴장감도 들었다. 한데 그 둘이 너무나 자연스럽고 조화로웠다. 구 PD는 고개를 돌려 윤후를 쳐다봤다. 이런 사진을 찍어놓고 평소와 같은 얼굴로 무덤 근처를 배회하고 있는 모습에 헛웃음이 나왔다.

"이리 와봐."

무덤 근처에서 사진에 보이던 것을 찾으려 하던 윤후는 자신을 부르는 소리에 사람들이 모여 있는 곳으로 터벅터벅 걸어갔다.

"왜 부르세요?"

"아니, 사진도 잘 나왔는데 왜 그렇게 갸우뚱거렸어?"

"아, 그거요?"

윤후는 카메라를 건네받고는 자신이 처음 찍은 사진으로 넘겨 다시 한참을 쳐다봤다. 그러자 사람들이 궁금한지 조그만 모니터를 확인하기 위해 머리를 들이밀었다.

"똑같은디?"

"잘 보면 안개 같은 거 있어요."

윤후는 말을 하고서 카메라를 넘겨주고는 다시 무덤 근처로 향했다. 그러자 남아 있던 사람들은 사진을 확인하기 시작했다. 확실히 다른 사진들과 달리 희미한 안개가 보였다. 제이는 천천히 고개를 돌려 무덤을 쳐다봤다.

"혹시……."

"에라이, 내가 무덤에서 찍지 말라고 혔냐, 안 혔냐! 아,

하늘에 계신 우리 아버지, 아버지의 이름이 거룩히 빛나시며……"

"아버지의 나라가 오시며……"

"루아 너까지 왜 따라하냐? 아, 또라이들!"

대식과 루아의 기도를 들으며 제이는 무덤 근처를 서성이는 윤후에게로 향했다.

Chapter 4
어때?

"하하하하! 이번에 대박 나려나 보다!"

분해한 침대를 들고 오느라 다 죽어가던 김 대표가 사진을 보며 웃었다.

"맞쥬? 귀신이쥬?"

"하하, 완전 대박이지! 음반 작업하다가 귀신 나오면 대박 난다는 얘기 못 들어봤어? 이번 건 안 봐도 대박이야!"

"미쳐 불겠네. 내가 저놈 쫓아댕기다가 귀신도 보고."

김 대표의 말에도 윤후는 사진을 찍은 곳을 다시 살폈다. 하지만 전혀 특이한 것이 없었기에 윤후는 무덤에 가만히 손을 얹었다.

'정말 백수 아저씨예요?'

대답은 없지만 백수 아저씨라면 그럴 수 있다고 생각하며 뒤돌자, 아까 꽂아둔 담배꽁초가 보였다. 윤후는 담배꽁초를 빼서 가만히 쳐다봤다.

"아까부터 뭐 해?"

윤후는 어느새 다가온 제이를 쳐다보며 손에 쥐고 있던 꽁초를 들어 올렸다.

"피우고 싶었나 보네요."

"아, 그게 담배 연기였나 보네. 하하! 난 정말 우리 형인가 했네."

"그럴 수도 있고요."

"무슨 말도 안 되는… 후후."

윤후는 무덤을 가만히 쳐다보다 손을 짚었다.

'같이 찍게 해줄게요.'

무덤에서 손을 떼고 아직까지 자신이 찍은 사진을 보고 있는 일행을 지나쳐 미정에게로 향했다. 그러고는 추운 날씨임에도 외투를 벗고 미정에게 손을 내밀었다.

"너 감기 걸린다!"

윤후는 미정이 건네주는 옷을 받아 야외지만 아무렇지도 않게 갈아입었다. 그사이 제이가 슬금슬금 다가와 윤후를 처다보며 말했다.

"꼭 잠옷 입어야 돼? 엄청 추운데."

"침대잖아요."

"루아도 잠옷 입는데?"

"네. 아까부터 입고 있잖아요."

언제 갈아입었는지 루아의 긴 패딩 밑으로 잠옷 바지가 보였다. 제이는 어쩔 수 없이 윤후와 마찬가지로 미정이 앞에 있음에도 불구하고 잠옷으로 갈아입었다.

아까와 마찬가지로 침대 위에 가로로 누운 제이와 루아였고, 윤후는 얇은 잠옷을 입은 채 다시 무덤 위에 패딩을 깔고 엎드렸다. 그 모습을 본 제이가 누운 채 멀찌감치 떨어져 손을 모으고 있는 대식을 불렀다.

"대식아, 기도 그만하고 네가 좀 찍어줘."

"아니에요. 그러다가 누가 찍어줬다고 그럴 수 있잖아요."

윤후는 앨범의 표지로 쓸 사진을 타이머로 촬영한다는 말을 당연하다는 듯이 뱉고 아까와 같은 앵글을 찾았다. 이어 카메라를 고정하고 김 대표를 불렀다.

"대표님!"

"왜?"

귀신이 아니라 실망해서 다시 힘이 빠졌는지 기운이 없는 목소리로 대답하고는 털레털레 걸어왔다. 윤후는 그런 김 대표에게 깔고 있던 패딩 주머니에서 담배를 건네주었다.

"이거 뭐?"

"거기 있는 거 다 불 붙여서 저 밑에 꽂아주세요."

"이걸 다?"

김 대표는 담배를 열어보곤 얼굴을 찡그렸지만, 윤후의 부탁대로 담배에 불을 붙이고 원래의 자리로 돌아갔다. 윤후는 그제야 다시 엎드려 카메라를 확인하고 시범 삼아 셔터를 눌렀다.

"맞네."

윤후는 아까보다 또렷하게 보이는 희미한 연기를 보고는 피식 웃었다. 그러고는 타이머를 설정하고 천천히 내려가 루아와 제이의 가운데에 드러누워 하늘을 보고 말했다.

"입김 나오니까 숨 쉬지 말고 하늘 봐요."

촬영에 익숙한 루아와 제이는 자연스럽게 하늘을 쳐다봤고, 잠시 뒤 타이머를 맞춘 카메라의 소리가 들렸다.

"됐어요."

윤후의 말이 끝나기 무섭게 김 대표와 대식, 그리고 미정이 옷가지를 들고 뛰어왔다. 두꺼운 패딩을 나눠 준 김 대표가 입을 열었다.

"대식아, 카메라 좀 챙겨와."

"아, 대표님이 가유! 나 안 가유!"

"아, 이 새끼가! 덩치는 산만 한 새끼가 겁은."

윤후는 피식 웃고는 무덤 위에 놓아둔 삼각대와 함께 카메라를 들고 내려왔다. 윤후도 궁금했는지 내려오자마자 카메라에 찍힌 사진을 확인했다.

"잘 나왔어? 다시 찍어야 돼?"

윤후가 카메라를 건네자 아까와 마찬가지로 사람들이 우르르 몰려들었다. 카메라가 이리저리 넘겨졌고, 윤후가 찍은 사진을 확인한 사람들이 입을 벌리고 윤후를 바라봤다. 심지어 구 PD까지 윤후를 보며 멍하니 눈만 깜빡거렸다. 옷을 걸치느라 제일 늦게 카메라를 확인한 제이와 루아 역시도 윤후를 쳐다보자 그제야 윤후는 한쪽 입가를 올리고 입을 열었다.

"어때요?"

*　　　　　*　　　　　*

다음 날, 이른 아침부터 병원 대기실에 앉아 있는 윤후의 옆에는 자신을 촬영하는 VJ 말고는 아무도 없었다. 이미 윤후의 담당 의사를 섭외했지만 일반인과 똑같은 모습을 담는다며 대기실에 혼자 있었다.

"오윤후 씨 들어오세요."

알림 음과 동시에 간호사의 안내에 따라 진료실로 들어갔다. 그러자 자신을 보고 씩 웃고 있는 의사 할아버지의 얼굴이 눈에 들어왔다.

"윤후, 더 큰 거 같은데?"

"안녕하세요?"

"하하! 그래, 오랜만이야."

윤후는 익숙하게 의자에 앉아 의사 할아버지를 물끄러미 쳐다보고는 커튼이 쳐 있는 의자를 손으로 가리켰다.

"저기로 가요?"

"하하, 오늘은 대화나 좀 하자꾸나."

윤후는 의아한 얼굴로 의사를 잠깐 쳐다보고는 고개를 끄덕거렸다. 이어 자신의 근황을 묻는 의사의 말에 성실히 답했다. 지금까지와 전혀 다른 방식이 낯설기는 했지만, 가수로 데뷔하고서 많은 사람들과 부딪쳐서인지 부담스럽지는 않았다. 거의 30분 정도 일상적인 대화를 나누고 나자 의사가 카메라를 들고 있는 VJ를 보고 말했다.

"이제 약속드린 시간은 지났고, 윤후의 치료를 위해 자리를 비켜주셨으면 합니다."

"아, 치료하는 장면 좀 더 찍으면 안 될까요?"

"하하, 안 됩니다. 여기랑 저기 달린 카메라도 좀 부탁드립니다."

이미 약속을 해놨는지 VJ가 카메라를 들고 진료실을 나가자 의사는 어깨를 으쓱하고 입을 열었다.

"자리 좀 옮겨서 얘기할까?"

의사 할아버지가 가리키는 방향이 커튼이었기에 무엇을 하려는지 이해한 윤후는 고개를 끄덕거리며 커튼 안으로 향했다. 이어 의자에 눕고서 익숙하게 눈을 감았다.

"어이구, 말 안 해도 알아서 잘하네."

윤후는 눈을 감은 채 의사의 말을 들었다. 부드러운 목소리로 편안해질 것이라는 말을 듣는 순간 이상하게도 몸이 나른해졌다. 매번 느끼는 것이지만 신기했고, 그 순간 익숙한 장소가 눈에 보였다.

"자, 천천히, 아주 천천히 둘러볼 거야."

"네."

"윤후가 있는 곳은 아주 안전한 장소야. 편안하게 둘러봐."

그제야 최면에 빠진 윤후는 공중에 뜬 채로 자아 세계를 둘러보기 시작했다. 마지막으로 자신이 봤을 때는 커다란 방 하나에 다섯 개의 침대가 있었다. 그것을 떠올리며 방을 둘러보던 윤후가 멈칫했다.

"자, 괜찮아. 안전한 곳이지? 뭐가 보이니? 전과 똑같니?"

전과 달랐다. 방은 같았지만 다섯 개의 침대 중 두 개가 사라져 있었다. 그리고 그 사라진 침대는 기타 할배와 백수 아저씨가 머무는 침대였다.

"없어졌어요, 없어졌어요."

"괜찮아. 자, 숨을 깊게 들이마시고 다시 한번 찾아보자구나."

윤후는 의사의 말대로 천천히 떠 있는 몸을 바닥에 내리고 기타 할배와 백수 아저씨의 침대로 다가갔다. 그때, 침대가 있던 자리에 놓인 물건이 눈에 들어왔다.

"기타, 마이크……."

"기타와 마이크가 보이는구나? 자, 그럼 윤후가 가수니까 기타와 마이크를 한번 들어보겠니?"

윤후는 바닥에 보이는 물건을 쳐다봤다. 기타의 안쪽이 아닌 겉에 'Life'란 글이 적힌 것으로 보아 기타 할배의 물건임이 틀림없었고, 스탠딩에 금색의 별이 달린 마이크가 눕혀져 있었다. 윤후는 의사의 말대로 물건을 집으려 했다.

"어……?"

하지만 아무리 기타를 들려 해도 손은 허공을 저을 뿐이었다. 기타는 그대로 그 자리에 있지만 잡을 수가 없었다. 윤후는 기타 옆에 놓인 마이크로 향했다. 하지만 마이크도 만질 수가 없었다.

"만질 수가 없어요."

"그래? 이상하네. 다른 사람들은 이제 안 보이는지 살펴보자구나."

윤후는 최면 상태임에도 의사의 말을 거역하고 기타와 마이크를 주우려 했다. 하지만 바닥에 놓인 기타와 마이크는 윤후의 손이 닿았음에도 그 자리에 그대로 있었다. 마치 홀로그램처럼.

"안 돼. 할배 기타랑 백수 아저씨 마이크야. 주워야 해."

윤후는 자신이 무슨 말을 하는지도 모르고 중얼거리며 의사의 최면을 거부했다. 그러자 윤후의 모습에 다급해진 의사가 윤후를 최면에서 깨우려 했다.

"자, 이제 숨을 깊게 들이마시면 다시 방의 천장 위로 올라갈 거야. 그러고 나면 방이 더 이상 보이지 않을 거란다. 자, 숨을 들이마셔서 보자."

"싫어. 안 돼. 저것들을 주워야 해."

의사는 이제 정말 다급해졌다. 최면 도중 최면에서 깨어나길 거부하고 있었다. 많은 시도를 하고 있지만, 의자에 누워 손까지 휘젓고 있는 윤후였다. 그러던 중 의사는 무심코 말을 꺼냈다.

"자, 윤후는 아빠를 만나러 갈 거야. 아빠가 윤후에게 답을 주실 거야. 그렇지? 언제나 그랬으니까. 숨을 깊게 들이마시면 방에서 나올 거고 다시 한번 숨을 뱉으면 최면에서 깰 거야. 알겠니?"

그제야 윤후는 숨을 들이마시고 한참이 지나자 숨을 뱉었다. 천천히 눈을 뜬 윤후의 얼굴은 땀으로 범벅이 되어 있었다. 윤후는 창백해진 얼굴로 누운 채 숨을 몰아쉬고 벌떡 일어나 앉았다. 그 모습에 의사는 잠시 진정시키고는 보호자인 매니저를 불렀다. 그사이 윤후는 최면에서 본 기타와 마이크에 대한 생각에 빠져 있었다.

'왜 잡히지 않는 거야? 뭐지?'

"뭐여? 왜 이렇게 땀을 흘린 겨? 괜찮은 겨? 선상님, 윤후 괜찮은 거여유?"

윤후는 자신의 이마를 소매로 닦고 있는 대식의 목소리를 듣고서야 고개를 들었다. 그러고는 다시 고개를 숙여 자신의 손을 쳐다봤다. 만질 수 없다는 아쉬움에 손을 쥐었다 폈다 하는 것을 반복했다.

*   *   *

다음 날, 녹음하기 위해 이강유의 녹음실에 앉아 있는 윤후는 병원에 다녀온 뒤로 여전히 자신의 손을 쳐다보고 있었다. 곳곳에 카메라가 달려 있었고, 촬영하는 사람들이 많았음에도 윤후는 멍한 얼굴로 생각에 잠겨 있었다.

'왜 기타와 마이크가 남겨져 있던 거지? 그리고 왜 잡을

수 없던 거야?'

그에 대해 한참을 생각하던 윤후는 옆으로 다가와 어깨를 두드리는 루아의 손을 느꼈다.

"왜 그래?"

"아……."

"정신 차려. 카메라 있어. 그리고 저기 부스 안에서 힘들어서 죽으려고 하는 것 같은데."

그제야 윤후는 부스를 쳐다봤다. 악기부터 녹음하기 위해 세팅해 놓은 부스 안에서는 제이가 땀을 뻘뻘 흘리고 있었다. 그 모습을 본 윤후는 정신을 차리려는 듯 머리를 살짝 흔들었다. 그러고는 부스 안의 제이에게 말을 하려는데 문득 떠올랐다.

'그러고 보니… 딘하고 제임스, 그리고 음악 감독 아저씨 침대는 그대로였잖아. 그럼 내가 기타 할배의 기타를… 만들어서? 백수 아저씨가 남긴 노래를 불러서? 아니면… 가족을 만나서? 아니면… 소중한 것들?'

"야, 뭐가 불만인데? 나 더 이상은 못 쳐! 아, 힘들어!"

윤후는 제이에 말에 정신을 차리며 부스에서 나오는 제이를 쳐다봤다. 그러고는 투덜거리는 제이를 보며 물었다.

"형, 백수 아저씨한테 제일 소중한 게 혹시… 뭐예요?"

"뭐야, 인마? 이 자식 이거 웃긴 놈이야. 너 내 연주는 들지도 않고 그 생각만 하고 있었냐?"

"죄송해요."

윤후가 곧바로 사과하자 제이는 얼굴을 씰룩거리고는 팔을 주무르며 윤후의 옆에 앉았다.

"우리 형한테 소중한 거? 그건 왜?"

"그냥요. 아세요?"

"뭐, 담배도 있을 거고… 가족이라고는 나뿐이니까… 나?"

그럴 수도 있겠지만 원하는 답이 아니었다. 그때, 제이가 손가락을 튕기며 말했다.

"아, 그러네. 내가 보물 2호였지."

"1호가 뭔데요?"

"이상한 마이크인데 쓰지도 않고 신줏단지 모시듯이 모셔 뒀어."

"아……!"

윤후는 어떻게 설명해야 할지 몰랐기에 주변을 두리번거리다 펜을 찾아 들었다. 그러고는 종이 위에 자신이 기억하는 모양을 그리기 시작했다.

"이거 맞아요?"

종이를 들고 있던 제이는 얼굴을 찡그리며 종이를 유심히 들여다봤다.

"이게 뭔데?"

"마이크요."

"이게 무슨? 펜 줘봐."

제이는 종이에 쓱쓱 그리고는 종이를 내밀었다.

"그쪽이랑 후랑 별반 다를 거 없는데?"

루아의 말대로 엉망진창이지만 윤후는 확실히 알 수 있었다. 마이크 스탠딩에 조잡하게 그리긴 했지만 별이 그려져 있었다.

"이거 저 좀 보여주실 수 있어요?"

"어? 물론 불가능하지."

"왜요?"

"너도 봤잖아. 형이랑 지금 같이 있지."

제이의 말을 이해한 윤후는 아쉬웠지만 이해한다는 듯 고개를 끄덕거렸다.

'그럼… 백수 아저씨 마이크가 맞다는 거네.'

윤후는 종이를 보며 생각에 빠졌다.

'기타 할배 기타도… 태워서 나무에 뿌렸다고 했어.'

촬영을 마치고 회사에 오자마자 경비실로 직행해 경비 할아버지에게 들은 얘기이다. 그로써 기타와 마이크가 실제로 있던 것이라는 것은 확인했지만, 아직까지 왜 만질 수가 없는지는 도무지 알 수가 없었다. 그렇게 한참을 생각에 빠져 있을 때, 루아가 윤후의 어깨를 손가락을 찔렀다.

"녹음 안 해? 아까 피디님이 오늘까지 끝내라고 하시고 나
간 거 같은데."

"아, 네. 해야죠."

윤후는 우선 해야 할 일이 있기에 숨을 깊이 들이마셨다.

*　　　　　*　　　　　*

며칠 뒤, 방송을 기다리던 윤후는 여전히 소파에 앉은 채
휴대폰만 만지작거리고 있었는데, 루아가 조심스럽게 입을
열었다.

"걱정돼?"

"네? 괜찮아요."

"괜찮아. 다들 이해해 줄 거야."

윤후가 자폐증이란 걸 안 순간부터 이상할 정도로 친절하
게 대하는 루아였고, 윤후는 그런 친절이 부담스러운지 그저
고개만 끄덕이고는 다시 휴대폰에 얼굴을 묻었다. 루아는 어
깨라도 토닥여 줄 생각에 옆으로 다가가다 휴대폰 화면을 보
았다.

"미국? 미국 가는 법을 왜 찾아? 미국 가려고?"

"그냥요."

루아는 윤후가 혹시 미국으로 도피하려는 것은 아닐까 걱

정스러웠다. 표정으로 드러나진 않지만, 얼마나 걱정되면 미국으로 도피할 생각까지 하는지 윤후가 안쓰러웠다. 분명 좋은 반응만 있지는 않을 것이다. 자신만 하더라도 악플 하나하나가 비수처럼 느껴지건만, 아팠던 윤후가 견디기에는 힘들 거란 생각에 루아는 더욱 안타까웠다.

윤후는 분명 괜찮다고 말했음에도 불구하고 루아가 왜 이러는지 도무지 알 수가 없었다. 그런 윤후 때문인지 루아가 약간 높아진 말투로 말했다.

"너 왜 자신을 속여? 나도 그런 말 들으면 아직까지 힘든데. 힘들면 힘들다고 해야지 쌓아두면 어떡해? 너 안 그래도… 아팠다면서……."

"흠."

그때, 김 대표가 휴게실 문을 열고 들어섰다.

"뭐 하는데 목소리가 이렇게 높아? 무슨 일 있어?"

루아는 김 대표를 보고는 입술을 깨물었다. 분명 방송이 나간 뒤 윤후에 대해 사람들은 시끄럽게 떠들어댈 것이 분명했다. 루아는 고개를 갸웃거리는 김 대표를 보며 말했다.

"대표님, 후아유 활동 안 해도 괜찮죠?"

"응? 갑자기 무슨 소리야?"

루아는 사람들이 좋든 싫든 선입견을 품고 윤후를 볼 것 같다고 말하려 했다. 하지만 윤후가 바로 옆에 있는 탓에 말하지 않고 입술을 꽉 깨물며 고개를 저었다.

"제가 하기 싫어서 그래요. 활동 대신 미국으로 여행 가게 해주세요."

"뭐? 여행?"

김 대표는 루아를 아래위로 훑어봤다. 도무지 루아가 왜 이러는지 이해가 안 되는 김 대표는 지금 이 상황을 남의 일처럼 지켜보는 윤후를 보며 입 모양만 뻥긋거려 물었다.

'왜 저래?'

"몰라요."

소리 내서 대답하는 윤후의 말에 김 대표는 얼굴을 씰룩였다. 그러고는 고개를 갸웃거리며 루아에게 물었다.

"안 그래도 회의에서 이번 활동은 하나만 하고 그 뒤는 없어. 그냥 음원으로만 활동하기로 결정했어. 그런데 너도 미국 가려고?"

"네?"

김 대표는 되묻는 루아를 보며 고개를 갸웃거리곤 소파에 털썩 주저앉았다.

"가도 루아 너는 따로 가. 윤후는 볼일 있어서 가는 거니까. 갈 거면 미리 말해라."

루아는 아무리 뮤지션을 아끼는 회사라도 분명히 활동하라고 압박할 것으로 생각했다. 그렇기에 먼저 활동을 하지 않겠다는 김 대표의 말은 루아에게 충격을 주는 한편, 무언가 허탈하게 만들었다.

"왜 그러냐? 이상하네."

사실 회사에서도 활동하기를 원했지만, 윤후의 모든 사정을 아는 김 대표가 적극적으로 막았다. 윤후가 미국에 가고 싶어 하는 이유도 알았고, 방송이 나가고 나면 정신없이 취재 요청이 올 것이 확실했기에 윤후가 원하는 대로 미국에 가는 것도 좋을 것으로 생각했다.

"그러지 말고 앉아. 일단 TV부터 봐야지."

김 대표가 TV를 켜자 제이가 부스스한 얼굴로 방에서 나왔다. 다들 익숙한 듯 힐끔 쳐다보고는 고개를 돌렸다. 잠시 뒤 TV에서 광고가 끝나고 '두근거리는 밤'이 시작했다.

"야! 시작한다! 하하하! 아주 다시 보기로 백 번 봐야지!"

윤후도 그제야 휴대폰을 내려놓고서 TV를 쳐다봤다. 화면에서는 다른 때와 마찬가지로 스튜디오가 화면에 나왔다. 이어서 MC 이성훈이 인사말을 했다.

─목요일 밤 여러분과 함께 두근거리는 밤을 만들 MC 이성훈입니다. 오늘은 스튜디오가 휑하죠? 예고편을 보신 분들도 계시지만 아닌 분들을 위해서 잠시 소개를 하고 넘어갈까요? 오늘 저희 '두 밤'에서는 바로 후를 밀착 인터뷰했습니다.

일단 초대 손님을 모셔서 얘기 나누도록 하죠. 초대 손님 나
와 주세요!

윤후는 초대 손님으로 나오는 박재진을 보고 피식 웃었다.
알게 모르게 도움을 많이 주고 있는 박재진이었다.

"저 양반은 여기저기 다 껴 있어. 어떻게든 엮어보려고.
안 그러냐?"

"도와주시잖아요."

"그러니까 녹화했으면 얘기를 해야지 왜 꾹 입을 다물고
있어? 수상한 사람이야."

김 대표도 화면에 나오는 박재진을 보고 피식 웃었다. 윤
후의 얘기를 들었으면 전화를 해줄 만도 하건만 입을 다물었
다. 김 대표는 박재진에게 고맙다는 문자를 보내고 TV를 쳐
다봤다. 화면에는 회사의 외관이 나온 뒤 휴게실에서 자는
윤후의 모습이 TV에 나오고 있었다.

―늦은 밤까지 음악 작업을 하다 잠이 든 후. 날이 밝았지
만 일어날 생각이 없어 보인다.

화면에서는 침대에서 일어나는 윤후의 모습이 나오고 그
뒤로 몇 분간 일어나서 돌아다니는, 별로 볼 것 없는 장면이

나오고 있었다. 이어지는 화면에서는 스튜디오로 화면이 넘어가며 잡담이 이어지고 있었다.

　―예전 녹화 때도 참 독특하던 걸로 기억하는데 지금 화면으로는 특별한 것이 없네요?

　―그렇죠. 후 씨도 사람이니까요. 자고 먹고⋯⋯.

　―거기까지, 어휴. 모두들 예전 방송에서 한 실험을 기억하실 겁니다. 그래서 제작진이 준비했습니다. 바로 노래 맞히기! 그걸 좀 더 업그레이드해서 실험했다고 하네요. 자, 보실까요?

　그러고는 소파에 앉은 윤후의 모습이 잡혔다. 뭘 하려고 하는지 이미 자신이 했기에 보지 않아도 알 수 있었다. 하지만 곧바로 음을 따라 하는 장면이 나올 줄만 알았는데 화면에 보이는 것은 카드였다.

　"흠⋯⋯."

　그 장면이 나오는 것이 마음에 들지 않는 윤후는 얼굴을 찌푸렸고, 아니나 다를까, 카드 맞히기를 틀리는 장면이 나오자 MC들이 크게 웃는 장면이 화면에 잡혔다.

　―와, 어쩜 저렇게 당당하게 틀리죠?

전혀 당당하지 않고 외우려고 노력하고 답한 윤후로서는 지금 장면이 상당히 불편했다. 그것을 느낀 김 대표가 피식 웃었다.

"다 필요해서 쓴 거야. 이해해라."

그 뒤로도 국가의 수도 맞히는 것도 죄다 틀렸고, 틀릴 때마다 웃음이 터졌다. 윤후는 이 뒤로 자신이 음을 맞히는 장면이 나오는 것을 알기에 꾹 참고 지켜봤다. 하지만 나와야 할 장면이 나오지 않고 다른 장면으로 넘어가 버렸다. 윤후는 김 대표를 쳐다봤다.

"또 속였죠?"

"속이긴 인마, 다 순서가 있는 법이야. 기다려."

그 뒤로도 녹음실에서조차 멍한 얼굴로 있는 모습이 주를 이루었다. 회사에서도 멍, 휴게실에서도 멍, 녹음실에서조차. 누가 봐도 바보라고 할 것 같은 화면이었다. 그러던 중 스튜디오로 화면이 넘어가면서 MC가 약간은 무거운 듯한 얼굴로 입을 열었다.

─저희 제작진이 촬영 중에 정말 뜻하지 않게 놀라운 얘기를 들었어요. 저도 정말 충격을 받을 정도로 놀랐는데, 그 얘기를 들으니 그래서 그랬구나 싶더라고요. 촬영 당일부터 후 씨의 모습이 어떻게 된 일인지 한번 보시죠.

화면이 넘어가면서 밝은 음악이 사라지고 성우의 목소리가 들렸다. 휴먼 극장에서나 들을 수 있는 성우의 목소리가 화면을 채우고 있었다.

—이른 아침부터 어디론가 갈 채비를 하는 후. 혹시 몸이 좋지 않은 것은 아닐까 걱정된다. 어제 작업 중에도 좀처럼 집중을 하지 못한 이유가 있지는 않을까?

그리고 화면은 차 안에서 무표정으로 있는 장면이 나오고 있었다.

—어디를 가는데 이렇게 심각한 표정을 짓고 있는 걸까? 궁금증이 더해진 가운데 후가 도착한 곳은 바로 병원. 무슨 일로 왔을까? 정말 어디가 아픈 건 아닐까?

이어진 장면은 윤후가 무표정한 얼굴로 진찰을 받는 모습이었다.

"진짜 방송이 대단하긴 대단하다. 어쩜 저렇게 편집을 해? 맨날 저러고 있는데 저 모습이 방송에서 침울하다고 하니까 진짜 침울해 보이잖아. 안 그래?"

윤후도 신기한지 고개를 끄덕였고, 화면에는 사전 동의하에 촬영 허락을 받았다는 문구가 나오며 의사와 윤후의 대화를 내보내고 있었다. 그러던 중 언제 찍었는지 화면에는 의사만 나오고 있었다.

─혹시 후 씨가 심각한 병이라도 있는 건가요?
─심각했죠. 지금은 보시다시피 일상생활을 하는 데 지장이 없어 보이지만요. 그래도 스트레스나 정신적으로 고통을 받는 일은 피해야 합니다.
─도대체 무슨 병이길래…….
─서번트증후군. 여러 자폐증 증상 중 하나죠.

*사전 동의하에 촬영되었음을 알려 드립니다.

그리고 화면은 넘어가서 충격을 받은 듯한 MC들의 얼굴이 잡혔다.

─자폐증? 후가? 서번트증후군이 뭔지 아십니까? 영화 레인맨이나 머큐리 등 영화에 종종 등장하고 있습니다. 그래서 저희가 전문가와 인터뷰를 했습니다.

정신과 의사가 나와 한참 동안 서번트증후군에 관해 설명했다.

―지금 후 씨가 서번트증후군이라고 한다면 한국에서는 상당히 이례적인 케이스입니다. 하지만 미국이나 선진국에서는 조기 발견으로 놀이 치료나 행동 치료를 통해 정상적인 생활이 가능하다는 사례가 많아지고 있는 점을 보아 치료를 제대로 받지 않았을까 생각되네요.

그리고 화면에 다시 휴게실에 있는 윤후의 모습이 나왔다.

―그리고 저희는 후 씨를 촬영하던 중 놀라운 점을 발견했습니다. 노래를 맞히는 것, 그것이 전부가 아니었습니다. 제작진은 보고도 믿을 수 없는 정말 충격적인 장면을 보게 되었습니다. 앞으로 보게 될 장면은 사전 협의가 전혀 없었음을 알려드립니다.

화면은 구 PD의 목소리와 손이 보이면서 마구잡이로 건반을 두드리는 모습이 나왔다. 이어 윤후의 얼굴이 클로즈업되며 긴장감을 높이기 위한 배경음이 깔리기 시작했다. 휴게실에 있는 한 명, 한 명의 긴장된 얼굴을 비출 때, 윤후가 건반을 두드리기 시작했다.

"이야, 또 봐도 정말 신기하단 말이야."

제이의 말대로 다들 신기해하는 얼굴이 화면에 잡혔다. 그러고는 좀 더 전문가의 평가를 받기 위한다며 구 PD가 사전에 말한 소리 연구소가 화면에 나왔고, 이어 비교하는 장면이 나왔다.

—99% 일치합니다. 마지막 한 부분만 차이가 있네요.

화면이 윤후의 얼굴로 바뀌며 드라마의 엔딩 신처럼 슬로우를 걸었다. 몇 초 동안 아무런 말없이 있던 윤후가 입을 여는 장면이었다.

—화음.

그리고 전문가의 의견이 다시 나왔다.

—한 분야에 대해 특출한 능력을 보이고 있지만 다른 분야에 대해서는 흥미를 느끼지 못하는 능력. 그래서 후 씨가 음악 말고는 다른 부분이 부족했던 것은 아닐까 하는 소견입니다.

그리고 이어진 화면에서는 윤후가 촬영한 기억이 없는 장면이 나왔다. 화면을 지켜보니 몇 번 가본 킹스터의 녹음실이 있는 분당이었다. 킹스터와 다즐링의 멤버가 인터뷰하는 모습이었다.

　─저희도 처음에는 조금 불편했어요. 쳐다보지도 않고 손가락으로 저희한테 숫자로 불렀거든요. 근데 알고 보니까 저보다 어리더라고요. 하하!

　윤후의 첫인상부터 작은 에피소드를 말하고 분위기는 그대로 가볍게 이어졌다.

　─저희가 부르는 거 처음 듣자마자, 정말 딱 한 번 듣고서 잠깐 기계 만지더니 순서를 바꿔 버리더라고요. 저희가 부를 순서를요. 그런데 그게 엄청 좋아요. 만약에 그걸로 나갔으면 작곡가에 제 이름도 넣을 수 있었을 텐데. 하하하! 그리고 가끔 와서 뜬금없이 뭐 시키고 가요. 광고 노래하자, 그러고. 하하!

　오디션 프로그램에서부터 지금까지 인연을 이어오고 있다는 점을 부각하는 장면으로 윤후의 성격을 드러나게 만드는 인터뷰였다. 화면을 가만히 보고 있던 윤후가 김 대표를 보고 물었다.

"짰어요?"

"크흠, 어떻게 알았어?"

"저랑 별로 안 친한데 친한 척하잖아요."

"야, 너랑 친한 사람 누가 있냐?"

"여기, 저기, 그리고 여기. 친하잖아요."

자신들을 손가락으로 가리키는 윤후의 모습에 다들 피식 웃고 말았다. 하긴 처음 봤을 때만 해도 '네'라고만 하던 윤후였는데 지금은 자신의 생각도 자연스럽게 말했다. 유독 싫다는 표현이 정확해서 문제지만.

그리고 방송에서는 케이블 방송과의 저작권 문제로 인해 해당 영상을 보여주지 못함을 사과하고 있었다. 이어 화면에 윤후의 '스마일' 앨범 사진이 큼지막하게 나오고 있었다.

―촬영 도중 저희는 혹시 다른 분야에 대해 천재성이 있지 않을까 궁금해졌습니다. 음악 말고도 다른 분야에는 천재성이 없는 것인가? 이 사진은 '두 밤'에서 처음으로 공개한 것이죠.

화면에는 수백 장의 사진을 CG로 책처럼 넘어가듯이 만

들어놓았다. 책처럼 넘어가는 사진이 멈추고 MC 이성훈의
목소리가 들렸다.

—그거 약간 다르지 않나요? 사진 속 인물은 여성분 같은
데?

미리 준비한 듯한 이성훈의 지적에 화면이 넘어갔다. 그러
고는 비슷해 보이는 사진을 한꺼번에 보여주며 성우의 목소
리가 들렸다.

—잘 보면 아시겠지만 각 사진의 인물이 전부 다릅니다. 하
지만 같은 장소에서 한 사람에 의해 촬영된 것은 누가 봐도
알 수 있습니다. 이것은 무엇을 의미할까요? 이 사진을 촬영
한 장소에는 전문 사진작가는 동행하지 않았습니다. 이날 동
행은 가수 후 씨와 소속사의 관계자들, 그리고 취재 중이던
기자 한 분이 다녔습니다.

그리고 화면이 바뀌며 카메라를 들여다보고 있는 윤후가
나오는 사진이 화면에 떴다.

—한 기자분이 취재차 촬영한 사진입니다. 어떠십니까? 아

직 모르실 수 있을 겁니다. 그럼 확대를 해보죠.

이미 본 김 대표는 물론이고 휴게실에 있는 제이와 루아도 화면을 뚫어지게 쳐다봤다. 하지만 윤후는 고개를 젓고 있었다.

"왜?"

"아무리 봐도 이 기자님은 사진을 잘 못 찍는 거 같아요."

"뭐? 하하! 누구 때문에 이렇게 도움받는데. 너, 이 기자한테 말한다?"

그러는 사이 화면에 확대된 사진이 나왔다.

—보시는 바와 같이 촬영 당사자가 후 씨임을 확인할 수 있었습니다. 좀 더 정확한 확인을 위해 저희는 직접 촬영을 부탁했습니다. 그리고 마침 새 앨범의 표지 사진을 촬영한다는 후 씨와 동행했습니다. 지금 보시는 사진이 바로 그 사진입니다.

희뿌연 안개가 침대에 누워 하늘을 보는 윤후, 루아 그리고 제이를 감싸고 있었다. 그 위에 햇살이 비추고 있었고, 허벅지 밑으로 보이는 잔디 뒤에서 마치 세 사람을 훔쳐보는 듯한 느낌이었다.

―저희는 이 사진을 후 씨의 작품이라고 밝히지 않고 전문가를 찾아갔습니다.

―흠, 뭔가 사진만으로도 작가가 하고 싶은 말이 느껴질 정도네요. 안정과 불안정, 그리고 조화. 보이시나요? 구도가 상당히 안정되어 있지만, 찍은 위치를 보면 상당히 불안정해 보입니다. 그리고 사진에서 누워 있는 세 사람은 안정적인데 이 안개가 이상하게 불안하게 만들죠. 하지만 전체적으로 본다면 안정과 불안정이 조화를 이루고 있습니다. 아마 작가는 인간을 말하려고 한 것이 아닐까요? 안정과 불안정 속에서 조화를 이루며 살아가는 게 사람이라고 생각합니다.

―파격적이면서도 구도를 유지하고 있어요. 어디 한쪽으로 치우치지 않고 좋네요. 훌륭한 작품이에요.

작가들의 평에 루아는 윤후를 쳐다봤다. 얼마 전에 녹음했고, 제이와 제이의 형이라는 사람이 만든 노래와 딱 들어맞는 평이었다. TV를 보지 않고 지금의 평가만 들었다면 자신들의 노래를 평가하는 줄 알았을 것이다.

"후, 다 생각하고 찍은 거야?"

"네."

윤후는 대답을 하며 제이와 자신, 그리고 루아를 손가락으로 차례차례 가리켰다.

"안정, 불안정, 그리고 조화. 합쳐서 어때?"

*   *   *

새벽에 회사로 출근한 엄 본부장은 얼굴을 구긴 채로 모니터를 봤다. 방송에서는 김 대표가 처음부터 윤후에 대해 알고 있었고, 윤후를 이끌어 지금의 자리에 서게 만든 장본인처럼 포장해 놓았다. 어젯밤 방송에서도 잡일이란 잡일은 다 하고 윤후의 옆에 매니저보다 더 많이 붙어 있었다. 그리고 김 대표의 인터뷰가 가관이었다.

—숨기려고 한 건 아니지만 나서서 밝힐 필요까지는 없다고 생각했습니다.

—그런데 갑자기 이렇게 밝히시는 이유가 있나요?

—이유라… 물론 있죠. 우리 윤후가 감정 표현이 많이 서툽니다. 그러다 보니 가끔 오해를 사게 되더군요. 지금은 잘 풀렸지만, 저기 계신 PD님도 오해하셨고 그 밖에도 다른 분들한테도 오해를 만들게 되더군요. 어느 날 그런 오해 때문에 윤후가 저를 찾아왔어요. 그러더니 갑자기 닭똥 같은 눈물을 흘리면서 자기는 왜 그런 건지 저한테 묻더군요. 흐, 너무 힘들… 흡. 잠시만요.

눈물을 훔치는 김 대표의 모습에 얼굴이 찡그려졌다. 그리고 그 뒤에 이어진 인터뷰에 본부장의 얼굴이 사정없이 구겨졌다.

―윤후는 보통 사람과 전혀 다르지 않습니다. 오히려 보통 사람보다 더 사람답죠. 혹시나 자신의 표정 때문에 상대방이 걱정할까 오히려 더 고민하는 아이입니다. 그러다 보니 자신이 실수를 했나 안 했나 살펴보기 위해 다른 사람과의 문자나 통화를 전부 저장해 놓았더라고요. 그런 녀석입니다.

화면에는 윤후가 저장해 놨다고 한 파일들이 나열되어 있었고, 그 메시지 중 하나를 화면에서 보여주고 있었다.

[오늘 오시는 거 맞죠?]

본부장은 윤후가 생각보다 세심한 성격이라고 오해했다. 그리고 그 뒤로 회사 경비 할아버지의 인터뷰가 나오며 윤후의 인간성을 보여줬다.

―윤후 군이요? 착한 친구죠. 인사도 잘하고, 제가 심심할

까 봐 경비실에도 자주 놀러 오더군요.

—경비실에요?

—네. 좁은데도 와서 말동무도 해주고 노래도 들려주고, 자주 그럽니다. 보잘것없는 늙은이에게 조언도 구하고. 윤후 군 덕분에 오히려 제가 활기차게 생활합니다.

화면을 보던 본부장은 이마를 부여잡았다. 지금까지 준비한 것이 전혀 쓸모없게 되었다. 하지만 한편으로는 다행이라는 생각도 들었다. 마치 하늘이 도운 것만 같았다. 만약에 준비한 인터뷰들이 나간 뒤에 지금 보는 방송이 나왔다고 생각하면 심장이 벌렁거렸다. 그리고 그것을 확인시켜 주는 전화가 울렸다.

"아이고, 박 본부장님!"

—네. 저희 레미니 인터뷰했다고 들었는데요. 그거 내보내지 말아주십쇼.

"네? 아, 물론이죠. 걱정 마십쇼."

여기서 윤후의 인성을 문제 삼은 인터뷰를 내보내면 자폭하는 것이나 다름없었다. 그때 다시 전화가 울렸다. 걸려오지 않았으면 하는 전화를 확인한 본부장은 울상이 되었다.

*   *   *

아침 일찍 주차된 차 안에 있던 본부장은 눈앞에 보이는 허름한 건물을 보곤 연신 한숨을 뱉었다.

"나한테, 아니, 우리한테 넘겨주겠냐고⋯⋯."

이미 일이 엎어져 버렸다는 것을 안 대표가 직접 지시한 일이다. 그리고 지금 본부장은 대표의 지시를 이행하지 못하면 연예계에 발붙이기 힘들 거란 것도 알고 있었다. 뒷좌석에 놓인 과일 바구니를 쳐다보고는 얼굴을 찡그리며 라온의 주차장으로 들어섰다.

그러자 곧바로 건물 안에서 TV에서 본 경비원이 다가왔다.

"어떻게 오셨는지요?"

"아, 여기 대표님 좀 뵈러 왔습니다. 숲 엔터에서 왔다고 하면 아실 겁니다."

그러자 경비 할아버지가 잘 들리지 않는 인터폰 대신 휴대폰으로 전화를 걸었다. 그 모습을 지켜보던 엄 본부장은 거절당하지는 않을까 걱정스러운 마음에 통화를 엿들었다.

"숲 엔터에서 사람이 찾아왔습니다. 네? 운동선수 같지는 않은데요?"

김 대표가 무슨 얘기를 했을지 경비원의 말만 들어도 충분히 알 수 있었다. 그리고 잠시 뒤 건물 안에서 머리와 이가 반짝이는 사람이 내려왔다. 본부장은 차에서 바로 내려 과일 바구니부터 꺼냈다.

"크흠?"

과일 바구니를 꺼내던 본부장은 인사도 없이 뒤에서 헛기침으로 대신하는 김 대표의 모습에도 미소를 지으며 인사했다.

"아이고, 김 대표님. 처음 뵙네요. 하하! 진작 찾아뵙고 인사드렸어야 하는데."

"크흠. 뭐, 인사는 무슨… 그럼 일단 올라갈까……?"

본부장은 자신이 '요'를 못 들은 것인지 아니면 반말을 한 것인지 헷갈렸지만, 그럼에도 미소를 유지한 채 김 대표를 따라 올라갔다. 옥탑 사무실에 도착한 본부장은 김 대표가 내민 플라스틱 의자에 앉았다.

"무슨 일로 여기까지 왔나……."

"아이고, 저보다 나이도 많으신데 말씀 편히 하시죠."

"크흠, 그럼 그럴까?"

그제야 말을 흐리지 않는 김 대표였다.

"무슨 일이 있다기보다는 어제 방송 보니 저도 오해를 좀 한 것 같아서 사과드리려고 찾아왔습니다. 하하! 저희는 파트너나 다름없지 않습니까? 하하!"

김 대표는 본부장의 모습을 가만히 살폈다. 정훈에게 윤후에 관한 얘기를 듣지 않았다면 숲에서 인터뷰를 내보낸 뒤 뒤통수를 치려 했을 것이다. 그것이 숲에 타격을 가할 수도 있었고, 좀 더 시선을 끌어모으기에는 효과적이었다. 하지만 윤후의 얘기를 듣고 나니 그렇게 할 수 없었다.

숲에서 준비한 인터뷰나 방송이 나오기 전에 라온에서 선수 쳐 방송했고, 그렇기에 숲에서 모르쇠로 일관할 수 있었다. 그런데 회사까지 찾아온 것을 보면 분명 이유가 있었다.

"하하, 이번 앨범도 대박이라는 소문이 자자합니다."

"뭐, 그렇지."

"그래서 말인데, 해외 쪽은 어떻게 하실 생각입니까?"

"해외?"

순간 김 대표의 눈빛이 반짝였다.

"슬슬 준비해야지."

"아이고, 대표님! 지금 해외에서 후 인기가 슬슬 오르고 있는데 이미 준비하셨어야죠!"

"우리가 아직 여력이 안 돼. 일단 다른 회사들처럼 아마존에 올리는 것부터 시작해야지."

김 대표는 말을 뺄고 본부장의 얼굴을 살폈다. 자신의 말을 듣고 눈을 반짝이는 것으로 보아 해외에 관련된 얘기가 분명했다.

"숲은 어떻게 하나?"

"하하, 해외에 진출하면 저희는 독자적인 루트를 이용해

대대적인 프로모션을 하죠. 루아 데리고 계시니 아시겠네요. 일본 같은 경우는 바로 15만 석 도쿄돔 공연도 가능합니다. 아시죠? 15만 석 2회 공연만 해도 짭짤합니다. 하하! 앨범 같은 경우만 해도 각 나라의 음원 사이트 메인에 팍 박아버립니다."

숲을 자랑하는 말이 한참이나 이어졌고, 김 대표는 거기에 맞춰 반응을 보였다. 그렇게 대화가 한참이나 이어졌다.

"그래서 말인데, 후도 해외로 나가야 하지 않겠습니까? 방송 보니까 후가 대표님하고 쭉 같이 갈 거 같은데… 그래서 저희가 도움을 드릴까 하는데요."

"무슨 도움을?"

본부장은 미소가 가득한 얼굴로 본론을 꺼냈다.

"해외 앨범 판매를 저희가 유통할 수 있도록 맡겨주시는 게 어떻습니까?"

"공연도 하고?"

"당연하죠. 공연도 저희가 맡아서 하죠. 좀 빡세게 해외 일정 굴리면 아시아권만 해도 몇 백 억은 우습죠. 게다가 후가 솔로이다 보니 관리하기도 편하고. 그래도 소속은 라온이고요."

"그래? 그래도 숲에 맡기면 수익 분배가 번거로울 거 같은데……"

"하하, 걱정 마시죠. 음원은 유통비만, 공연은 라온이 3, 후가 5, 그리고 저희가 2. 솔직히 라온은 손해도 아니죠. 후 몫을 저희가 받는 거니까. 하하!"

앨범의 유통비만 해도 전체 수익의 40% 정도인데 거기서 공연까지 더 먹겠다는 본부장의 말에 김 대표는 피식 웃었다.

"일단 생각 좀 해보고. 전에 그 전화번호로 연락하면 돼?"

"아이고, 물론이죠."

김 대표는 자신을 향해 허리를 굽실거리는 본부장을 보며 피식 웃었다.

*   *   *

최 팀장을 옥상으로 부른 김 대표는 엄 본부장이 한 말을 꺼냈다.

"능력이 안 되면 그편이 더 빠르고 확실하긴 합니다. 숲이야 워낙 크고 오래돼서 그만큼 노하우가 많을 테니까요."

"우리가 하면?"

"저희는… 제가 봤을 때 자리 잡는 데만 최소 1년은 걸립니다. 게다가 라온은 해외 활동을 한 적이 아예 없으니까 시행착오도 겪어야 하고. 회사로 보면 숲의 제안도 꽤 괜찮은 선택입니다."

김 대표는 아니라는 듯 고개를 저었다. 본부장의 말대로라면 윤후가 좀 더 빠르게 해외에서 인기를 얻을 수는 있겠지만, 보통 아이돌처럼 살인적인 스케줄을 감당해야 한다.

김 대표는 지금 윤후가 신경 쓰고 있는 것이 무엇인지 알기에 그러고 싶지 않았다. 그리고 만약 해외에 진출한다고 하더라도 숲은 아니었다. 하지만 해외에도 팬들이 차츰 늘고 있었기에 김 대표는 한참을 생각하다가 최 팀장에게 물었다.

"최 팀장, 미국 매니지먼트 조사하는 데 두 달이면 가능해? 좀 자세하게."

"직접 하실 생각입니까?"

"일단 윤후가 미국 여행 갔다가 돌아오기 전까지 알아봐줘."

*   *   *

윤후는 평소와 달리 이른 아침부터 정오가 될 때까지 휴게실 소파에 앉아 멍하니 휴대폰을 쳐다보고 있었다. 방송으로 인한 파장이 생각보다 거대했다. 덥덥이들은 말할 것도 없었다. 인터넷과 심지어 종편 방송의 뉴스에까지 소개되었다. 자신은 아무렇지도 않은데 주변에서 위로하는 글이 넘쳐

나고 있었다.

—너무 불쌍하다. 그래서 그렇게 항상 무표정이었구나.

—굉장한 거 같아. 이런 가수야말로 세계로 나가야 하는데.

—후의 식스 센스 때부터 스마일 때까지의 골수팬으로서 한 마디 남기자면, 후의 모든 노래의 가사는 전부 어린 시절을 의미하고 있음을 알 수 있습니다. 눕고 싶어만 보더라도 얼마나 힘들었으면 항상 누워 있기만을 바랐을까요?

—뇌피셜 작작 싸지르셈.

해석하기 나름이라지만 자기들 마음대로 해석하고 싸우는 모습을 뚱한 표정으로 하나하나 읽어보고 있었다. 물론 그 와중에는 입에 담지 못할 댓글도 종종 보였다.

—장애인 새끼. 쯧쯧. 집에나 처박혀 있지 꼴에 가수 한다고. 에휴, 그러니까 한국 가요계가 발전이 없지.

기분이 나쁠 만도 한 댓글이지만, 가수 데뷔하기 몇 달 전만 하더라도 자신도 같은 생각을 하고 있었기에 그다지 기분이 상하지는 않았다. 다만 김 대표가 지시한 대로 일일이 스크린 캡처를 하고 저장하는 일을 반복했다. 그때, 휴게실 문이 열리며 루아가 들어섰다.

"오셨어요?"

"일찍 일어났네?"

"네."

루아를 볼 때마다 느끼는 것이지만 자신보다 더 치장을 안 했다. 후줄근한 후드 티에 추리닝 바지, 거기에 슬리퍼까지. 게다가 가방도 아니고 뭘 들고 왔는지 쇼핑백을 흔들며 들어오고 있었다. 길에서 마주쳐도 절대 루아로 보이진 않을 것 같았다. 루아는 그런 상태로 소파에 털썩 앉으며 윤후를 쳐다봤다.

"왜?"

"아니에요."

"그 사람은?"

루아가 말하는 그 사람이라고는 이곳에서 제이뿐이 없었기에 윤후는 제이의 방을 가리키며 말했다.

"아직 자나 봐요."

두 사람 모두 말수가 적다 보니 평소 둘이 있을 때는 대화가 이어지지 않았다. 제이가 있어야 그나마 자연스럽게 대화가 오고 가는데 제이마저 없으니 혼자 있을 때와 별반 다르지 않았다. 그때, 루아가 시계를 확인하더니 휴대폰에서 이어폰을 빼고 쇼핑백을 뒤적거렸다.

"12시야."

자신의 기사를 보느라 시간 가는 줄 모르고 있던 윤후도 루아의 말에 시간을 확인하곤 직접 음원 사이트에 들어가 확인했다. 신규 앨범란 첫 번째에 백수 아저씨의 무덤에서 찍은 사진이 떡하니 걸려 있는 모습에 윤후는 저절로 미소가 지어졌다. 그때 루아가 쇼핑백에서 꺼낸 휴대용 스피커를 휴대폰에 연결하고 음원을 재생시켰다.

크지 않은 스피커였지만 휴게실 전체에 소리가 울려 퍼졌다. 윤후는 소파에 등을 기댄 채 음악에 빠져들었다. 이렇게 백수 아저씨가 만든 곡을 백수 아저씨가 가르쳐 준 노래로 백수 아저씨의 동생과 함께하게 될 줄은 상상도 하지 못했건만, 음원이 발매되어 자신의 귀로 듣게 되자 마치 꿈처럼 느껴졌다.

'들리죠? 가르쳐 준 대로 제대로 불렀어요. 제이 형이랑 같이.'

계속해서 '어때?'를 듣느라 시간이 가는 줄 몰랐다. 거의 열 번이 넘어갈 때쯤 갑자기 노랫소리가 멈췄고, 윤후는 감고 있던 눈을 떴다. 그리고 루아를 쳐다보니 입꼬리가 위아래로 바쁘게 움직이고 있는 모습이 보였다.

"왜 *끄셨어요?*"

"아니야."

그러고는 다시 노래를 재생시켰다. 윤후가 루아를 보며 고개를 갸우뚱거릴 때 제이의 방에서 우렁찬 고함이 들려왔다.

"우와! 1등이다! 1등이다!"

그제야 윤후도 눈치채며 휴대폰으로 순위를 확인했다.

1위 어때? — 후아유(Raon Project. Vol. 1)

자신의 기사와 악플에도 무표정이던 윤후는 그제야 덥덥이들 앞에서만 보여주던 환한 미소를 지었다. '스마일' 때와는 또 다른 기분이었다. '스마일'도 소중한 곡이었지만, 지금은 함께 기쁨을 나눌 수 있는 사람들이 있어서인지 뿌듯함이 배가 되는 기분이었다. 그때, 제이의 방에서 또 다른 소리가 들려왔다.

"흐어엉! 1등이야! 하아! 형! 1등이다! 흐엉!"

웃다 말고 괴상한 울음소리를 내가며 미친 사람처럼 울부짖는 제이였다. 그리고 잠시 뒤 제이가 방문을 열고 휴게실로 나왔다. 부스스한 머리로 슬리퍼도 신지 않은 채 맨발로 나온 제이였다. 윤후는 제이의 기분을 이해하기에 가만히 쳐다봤다. 터벅터벅 걸어온 제이가 윤후의 뒤에 섰다. 그러고는 뒤에서 윤후를 끌어안았다.

"흐엉! 고맙다! 우리 1등이야!"

약간 어색하긴 했지만 윤후는 자신의 목에 감긴 제이의

팔을 두드렸고, 잠시 뒤 제이는 팔을 풀고 루아에게로 다가 갔다.

"흐엉! 루아야! 우리 1등이야!"

"죽여 버린다?"

루아의 반항에 제이는 울음과 웃음이 뒤섞인 얼굴로 손을 내밀었다. 그러자 루아는 콧등을 씰룩거리고 악수를 했고, 제이가 소파에 앉았다.

"나오자마자 1위 처음 해본다. 너희 둘한테 정말 고맙다. 우리 형 곡 1위 만들어줘서 정말 고마워. 진심이야."

"같이했잖아. 뭘 자꾸 고맙다고 그래?"

윤후도 기분이 좋은지 미소를 짓고 있었고, 제이가 다시 윤후를 와락 안았다.

"우리 형도 정말 좋아할 거야. 1등은커녕 가수도 못 해봤으니까. 윤후야, 정말 고맙다."

윤후도 고개를 끄덕이며 제이의 등에 손을 얹었다. 그때 휴게실 문이 열리면서 입이 찢어질 정도로 환한 미소와 함께 김 대표가 들어왔다.

"야! 후아유! 너희 1등이다! 축하한다! 하하하하!"

Chapter 5
단서

오랜만에 김 대표와 단둘이 옥상에 있는 윤후는 난간에 팔을 기대고 지나가는 차를 구경하고 있었다. 회사 밑에는 어제와 마찬가지로 주차된 차들이 상당히 많았다. 전부 취재를 위해 모여든 사람들이었다.

"뭐, 인터뷰라도 잡아줘?"

"아니요."

인터뷰라는 말에 윤후는 뒤로 돌았고, 김 대표는 그 모습에 피식 웃었다. 그러고는 김 대표도 윤후와 마찬가지로 난간에 등을 기대며 하늘을 쳐다봤다.

"윤후야."

"네."

"미국 가는 거 말이야. 일단은 두 달 정도만 있으면 어떨까 해서."

정훈에게 자세히 듣기 전까지만 해도 말릴 생각이었는데 듣고 나서는 생각이 달라졌다. 윤후의 노래에 담긴 얘기가 그 사람들이라는 것을 알고 나니 얼마나 애틋하고 그리워하는지 느껴졌다.

"두 달 정도 지내다가 다시 와. 왔다가 다시 가면 되니까. 준비는 회사에서 다 해줄 거야. 내일 대식이 따라서 여권 만들 준비하고."

김 대표의 말 때문인지 윤후는 벌써부터 두근거렸다. 그에 김 대표처럼 고개를 들어 하늘을 쳐다봤다.

"갈 때 가더라도 약속한 건 지키고 가야지? 너 가기 전에 KBC 방송 한 번 해줘야 돼. 그거 해주기로 했으니까."

"알았어요. 다른 곳은 안 해도 돼요? 음악 방송만 하면 돼요?"

"이번에는 안 하려고. 일단 덥덥이들 진정시키는 거나 촬영하자."

김 대표의 모를 소리에 윤후는 고개를 돌려 쳐다봤다. 그런데 또 이상하게 웃고 있는 모습에 미간이 저절로 찡그려졌다.

"너 저번에 약속했잖아. 애들 출석 체크하면 팬미팅하기로."

"아, 알았어요. 몇 번 하면 돼요?"

"한 번. 한 번만 하면 돼. 한국대 강당 빌리려고 얘기 중이야. 인증한 애들하고 나머지 팬들도 같이하는 게 좋을 것 같더라. 일단 선물은 USB 말고 CD로 제작하려고. 사진이 눈에 딱 보이게. 하하!"

USB도 그렇게 아쉬워하더니 어쩐 일로 CD를 제작해 선물한다는 김 대표였다. 설마 팔아먹겠느냔 생각을 할 때, 김 대표가 피식 웃었다.

"안 팔아, 인마. 게네들 학교 다녀왔다고 인증도 했는데. 그리고 방송에서 너 카드 못 맞히는 거 보고 속상했는지 애들이 회사로 총명탕 엄청 보내온다. 하하! 날짜는 다음 주로 얘기 중이야. 한국대 쪽에서도 긍정적인 거 같으니까 곧 연락 올 거야. 덥덥이들한테는 아직 말하지 말고. 회사에서 얘기해야지 나도 폼이 좀 나지. 안 그러냐?"

"네."

*　　　　*　　　　*

방송국 예능 국장실에서 나오는 구 PD는 안 좋은 소식을 들었지만 그다지 나쁜 기분은 아니었다.

"PD님, 뭐래요? 방통위? 아니면 다른 방송국?"

"다른 방송국? 지금 바빠 죽겠지. 우리도 바빠 죽겠는데. 할 일 없으신 방통위에서 방송 보셨나 보더라. 권고 받았으니까 다음 주 사과 방송 하면 끝날 거야."

"아, 방통위. 아니, 우리가 뭘 잘못했는데. 심의 걸릴 거 하나도 없는데 진짜 너무하네. 누가 시킨 거래요? 알아요?"

구 PD는 후배 PD의 말에 피식 웃었다.

"그런 거 아니야. 나 때문에 그런 거니까 신경 꺼라."

"뭔데요?"

"어휴, 담배 때문에 그런다, 담배! 마지막 사진 촬영할 때 내가 자막 넣으라고 한 거 때문에 그런다고."

"아, 그거? 그러니까 그건 빼자니까."

구 PD는 비록 권고를 받아 프로그램 앞부분에 사과문을 넣어야 했지만 전혀 후회되지는 않았다. 비록 예능 PD이기는 하지만, 시청자들을 넘어 국민들에게 진실을 알린 듯한 기분이었다. 물론 사람들은 모를 테지만 자신의 방송으로 하마터면 나락으로 떨어질 수도 있던 한 사람을 구했다는 사실이 방송이 잘되었다는 것보다 뿌듯하게 느껴졌다.

"됐고, 담배나 한 대 빨자."

"담배 때문에 그랬으면서 또 담배예요?"

"자식이 말이 많아. 가자."

구 PD는 후배 PD를 데리고 흡연실로 향했다. 흡연실 문을 여니 같은 예능국 소속의 직원들이 눈에 들어왔다. 구 PD는 약간 어색한 얼굴로 흡연실로 들어섰다.

다들 말은 안 하고 있지만 같은 방송국이면서 귀띔도 없었다는 사실에 서운한 모양이다. 특히 연예 뉴스의 PD인 동기가 서운했는지 툴툴거렸다.

"야, 구 PD. 너무 치사한 거 아니냐? 혼자만 먹냐?"

흡연실 안의 사람들이 모두 동의한다는 듯 고개를 끄덕거리는 모습에 구 PD는 씁쓸하게 웃으며 말했다.

"미안해. 정말 사정이 있었어."

"그래도. 우리 지금 연예 프로그램 중에서 바닥인 거 뻔히 알잖아? 좀 도와주지. 내가 예전에 너 많이 도와준 건 까맣게 잊었지?"

"아니야. 거기서 비밀로 해달랬다니까."

"그럼 인터뷰 한 번만 부탁하면 안 되냐? 지금 연락도 안 돼. 십 분만. 응? 아니, 오 분만!"

구 PD는 촬영 중 카메라를 싫어하는 윤후의 모습을 떠올리고는 고개를 저었다. 부탁이야 해볼 수 있지만, 아무래도 승낙하지는 않을 것 같았다. 그때 구 PD의 전화가 울렸다.

"아, 김 대표님."

―아이고, 우리 구 PD님 얼굴 보고 직접 인사드려야 하는데. 하하하!

김 대표의 너스레에 구 PD는 피식거리며 웃다 말고 자신을 차가운 눈으로 쳐다보는 동료들의 눈빛에 조심히 고개를 돌렸다.

―다름이 아니라 저희 윤후가 팬미팅을 할 거예요. 다음 주 토요일.

"팬미팅이요? 아, 저도 시간되면 가도록 하겠습니다."

―아, 그게 아니라 구 PD님께 신세진 것도 있고 하니 팬미팅 촬영하실 생각 있으시면 하시라고요. 하하하!

구 PD는 전화 도중에 곰곰이 생각했다. 현재 윤후는 그 어느 곳에도 스케줄이 잡혀 있지 않았다. 그런 후의 팬미팅을 단독으로 내보낸다면 분명 시청률이 대박일 것이다. 그때 고개를 저으며 흡연실을 나가려는 동료 PD가 눈에 들어왔다. 구 PD는 고개를 끄덕거리며 동료 PD가 들릴 정도로 일부러 크게 말했다.

"저, 대표님! 윤후 팬미팅! 저 말고 다른 프로에서 촬영해도 될까요? 저는 좋지만 아무래도 두 밤에 너무 많이 나오다 보니 뒤를 봐준다는 말이 오갈 것 같은데요!"

구 PD의 말에 동료 PD들이 잡고 있던 흡연실 문을 놓고 뒤돌아섰다. 그리고 구 PD의 전화가 끝나기만을 기다렸다.

잠시 뒤 구 PD는 전화를 끊고 눈썹을 씰룩거리며 입을 열었다.

"다음 주 후 팬미팅, 단독 촬영할 사람?"

"나! 나! 너 손 안 내려, 이 새끼야? 너 6시 우리 고향이잖아! 거기서 왜 촬영을 해! 이 새끼가!"

구 PD는 끊어진 전화를 보며 고마움에 미소 지었다.

*　　　　　*　　　　　*

윤후의 주변 인물 중 가장 피해를 받은 사람은 다름 아닌 아빠 정훈이었다. 어떻게 알았는지 기자들이 공방에까지 찾아오는 통에 윤후보다 카메라 세례를 더 많이 받았다. 그렇기에 공방에 있을 수 없던 정훈은 마침 윤후도 봐야 했기에 회사를 방문했다.

회사를 방문한 정훈과 함께 식사하고 옥상으로 올라온 윤후는 난간에 팔을 기댄 채 밑을 보고 있었다. 정훈은 그런 윤후의 모습을 물끄러미 쳐다봤다.

하마터면 사람들의 입방아에 오를 뻔한 윤후가 걱정됐다. 하지만 지금 윤후의 모습을 보니 씩씩하고 건강하게 지내는 것 같아 안심이 됐다. 윤후의 등 뒤에 대고 김 대표에게 들은 얘기를 꺼냈다.

"아들, 혼자 가도 괜찮겠어?"

"대식이 형 있잖아요. 괜찮아요."

"걱정되니까 그러지. 그런데 어떻게 돌아다닐 생각이야?"

"대식이 형이 운전해서요."

정훈은 윤후의 대답에 피식 웃고 말았다. 대식이라는 매니저를 상당히 신뢰하는 모습이다. 부족한 아들의 곁에 좋은 사람이 함께 있어서 다행이라는 생각에 미소를 지으며 말했다.

"무슨 대식 씨가 탐정이라도 돼? 어떻게 찾아야 하는지 계획이 있어야지."

윤후는 난간에 기대고 있던 몸을 돌려 정훈을 쳐다봤다. 그러고 보니 미국에 간다는 생각만 했지 어떻게 찾아야 하는지 전혀 생각해 보지 않았다. 자신이 아는 단서라고는 JB 스튜디오란 곳과 음악 감독, 그리고 사진작가, 소매치기가 전부였다. 그나마 배성철은 단서가 있는 편이지만 나머지 둘은 막막했다. 그때, 정훈이 그럴 줄 알았다며 입을 열었다.

"아빠가 가만 생각해 보니까 기타 할아버지하고 백수 새… 아니, 백수도 실제로 만난 적이 있지? 사진에서도 봤잖아."

윤후는 사진을 떠올리며 고개를 끄덕거렸다. 윤후의 모습에 정훈은 뭔가 아련한 얼굴로 살며시 미소를 짓고 입을 열었다.

"그래서 말인데 혹시 엄마랑 미국에 갔을 때 기억나?"

"……."

윤후가 대답이 없자 정훈은 주먹으로 때리는 시늉을 하며 콧잔등을 찡그리고 말을 이었다.

"예전에 너 어릴 때 미국에 간 적 있어. 엄마랑 아빠랑 다 같이. 그때 좀 바빠서 간 곳이 몇 군데 없거든? 그래서 정확하진 않지만 추려왔어. 한번 봐."

정훈이 휴대폰 케이스에 넣어둔 종이를 건넸다. 그 종이를 받아 든 윤후는 천천히 읽어 내려갔다.

조지 부시 인터콘티넨탈 공항.

휴스턴 한인타운 메모리얼 시티.

MD 앤더슨 병원.

그 외에도 여러 가지가 죽 나열되어 있었다. 상당히 자세한 내용에 윤후는 이런 것들을 기억하고 있는 정훈이 내심 대단해 보였다.

"전 하나도 기억 안 나는데."

"어릴 때니까 당연하지. 아빠도 열 살 때 기억 잘 안 나. 하하!"

정훈은 윤후를 보며 피식 웃고 말을 이었다.

"엄마하고 마지막 여행이었으니까 아빠한테는 소중한 기억이거든. 하하!"

여행이기보다 치료를 위해서였지만, 그때를 떠올리는지 정훈은 미소를 머금고 있었다.

"많이 돌아다니지 않아서 아빠가 기억나는 곳만 적었어."

"네."

"밤에는 돌아다니지 말고, 대식 씨랑 항상 붙어 다니고."

"네."

정훈은 걱정이 되는지 조심하라는 말을 계속해서 당부했다.

"밥도 잘 먹고. 아, 맞다! 거기에 빠진 곳도 있네. 햄버거 가게! 이름은 기억 안 나는데 엄청 맛있게 먹었는데, 기억 안 나지?"

윤후는 전혀 기억하지 못하기에 일단 휴대폰에 적어두었다. 그러고는 정훈을 보며 입을 열었다.

"조심히 다녀올게요. 시간 좀 걸릴 거니까 가기 전에 집에 들를게요."

"그래, 우리 아들 많이 씩씩해졌네. 용돈 달라고도 안 하고. 하하! 맨날 이거 사달라, 저거 사달라 조르더니 이제는 사달라고도 안 하고. 돈 많이 버나 봐? 하하!"

아직 이번 정산을 받지 못했지만, 수익 관리를 정훈이 하기에 잘 알고 있을 텐데도 장난처럼 말하는 모습에 윤후는 피식 웃었다.

"저 가기 전에 팬미팅해요. 오실 거죠?"

"가야지! 아까 오기 전에 대표님이 얘기해 주더라. 800명 정도 예상한다던데?"

"그래요?"

"뭐야? 다른 사람이 팬미팅하는 거야? 왜 몰라? 하하!"

그저 팬미팅을 한다고만 들었기에 자세히는 알지 못한 윤후였다. 그에 멋쩍게 웃을 뿐이었다.

*   *   *

저녁이 되었음에도 아직까지 회사 앞에 상당수의 취재진이 몰려 있었기에 윤후는 정훈이 가는 모습을 건물 안에서 지켜봤다. 정훈의 차는 회사에서 나가는 것과 동시에 플래시 세례를 받으며 유유히 떠나갔다. 정훈이 가는 모습을 확인한 윤후가 뒤돌아서려는데 자신을 쳐다보고 있는 경비 할아버지와 눈이 마주쳤다.

"이제 퇴근하세요?"

"아닙니다. 혹시 윤후 군 시간 있나요?"

"네. 시간 많아요."

"하하, 그럼 잠시 얘기 좀 할 수 있을까요?"

윤후는 경비실로 들어가 경비 할아버지가 내준 커피를 마시며 얘기를 기다렸다. 평소에도 사람을 대함에 있어서 예의를 지키는 경비 할아버지였다. 자신에게도 아직까지 말을 놓지 않고 있었고, 무슨 얘기를 꺼내려는지 뜸을 들이는 모습에 궁금증이 더해갔다. 그때 고민을 끝냈는지 경비 할아버지가 어렵사리 입을 뗐다.

"미국에 간다고 들었어요."

"아, 네. 길면 두 달 정도 걸릴 거 같아요."

"아, 그렇군요. 대표님께 듣기로는 LA에 머물게 하실 생각이던데……."

정훈과 나눈 얘기를 김 대표는 모르고 있기에 한인타운으로 유명한 LA를 생각하고 있는 모양이다. 윤후가 가려고 하는 휴스턴과는 상당한 거리였다.

"혹시 시간 되면 말이죠. 아이고, 늙은이가 이런 부탁을 해서 미안합니다."

"괜찮아요. 무슨 부탁이에요?"

"휴스턴에 제 아들 녀석이 있습니다."

윤후는 생각지도 못한 이진술의 말에 고개를 돌려 쳐다봤다. 이진술은 그저 아련한 얼굴로 고개를 끄덕거리고 있었다.

"만약에 휴스턴에 가게 되면 메모리얼 시티에 들러줄 수 있을까요?"

"……."

윤후는 정훈이 준 쪽지를 꺼내 들었다. 그리고 적힌 지역을 확인했다. 그리고 메모리얼 시티라는 글을 보고는 이진술을 향해 고개를 들었다.

"아드님이 거기 계세요?"

"네. 메모리얼 파크 묘지에 있습니다."

윤후는 어떤 말을 꺼내야 할지 몰랐기에 이진술의 얘기를 기다렸다. 그리고 기타 할배의 얘기를 들을 수 있었다.

"예전에 형님 뵙고 올 때 기억하는지 모르겠네요. 저한테 어떻게 영어를 할 줄 아느냐고 물었죠?"

이진술은 깊게 숨을 들이마시고 말을 뱉었다.

"형님은 기타에 빠져서 기타를 배우려 스페인, 독일 등등 안 다닌 곳이 없었죠. 그리고 마지막이 미국이었어요. 그 일이 있기 전까지는 저도 미국에 있었습니다."

이진술은 그때를 떠올리는 게 가슴 아픈지 목소리가 한없이 가라앉았다.

"형님과 저는 미국에서 이민자로 생활했어요. 형은 해외 각국에서 그동안 배운 것을 토대로 기타 가게를 열었고요. 저는 매장을 맡았고 형은 기타를 만들었죠."

윤후는 아무 말도 하지 않고 얘기를 들었다. 그리고 그동안 궁금해하던 얘기를 들을 수 있었다.

"그러다 제 아들이 형님이 부탁한 배달 중 사고로 세상을 떠났어요. 아내는 그 일로 작별을 했고. 전 그때의 정신으로 는 미국에 있을 수가 없었죠. 그래서 다시는 미국으로 돌아가지 않으려고 역이민까지 해서… 몇 년이 지난 뒤에야 형님 이 따라왔어요. 그때 당시는 미웠죠. 모든 게 형님 탓 같았고. 그 기타가 뭐라고……."

이진술의 목소리는 그때를 회상해서인지 점점 젖어들었다.

"제가 아무리 떨어지려 해도 형님은 꿋꿋하게 붙어 계셨어요. 그때도 여전히 기타를 만들고 쌓아두고… 그리고 형 이 죽기 바로 전에 알았어요. 형과 가게를 처음 할 때 한 약속이 있었죠. 형은 기타를 만들고 그 기타를 내가 팔 테니까 다른 사람한테는 절대 맡기지 말라고. 그 미련한 양반이 그 약속을 죽을 때까지 지키더라고요."

그제야 윤후도 알 수 있었다. 기타 할배와 만든 노래에서 약속을 지키지 못했다는 말이 무엇인지, 왜 기타를 팔지도 않으면서 그렇게 만들었는지, 그리고 경비 할아버지가 예전에 왜 말을 머뭇거렸는지 모든 것이 이해가 됐다.

그러고 보니 백수 아저씨도 '눕고 싶어'에 맞춰져 있었고, 기타 할배의 '약속' 또한 이해가 됐다. 가사 하나하나에 의미가 담겨 있었다. 그러다 문득 나머지 세 사람의 얘기도 그렇지 않을까 하는 생각이 들었다. 그때, 경비 할아버지가 눈물을 훔치며 입을 열었다.

"어이구. 미안해요. 옛 생각이 나서… 주책이네요. 허허."

"아니에요."

"갈 일이 있으면 들러주고 억지로 가진 말아요. 알겠죠?"

윤후는 손자가 할아버지를 바라보는 친근한 눈빛을 보내며 입을 열었다.

"인사 꼭 전해 드릴게요."

*　　　　*　　　　*

팬미팅 당일.

벌써 '두근거리는 밤'에서 폭탄을 투척한 지 2주나 지났건만 윤후에 대한 얘기가 종종 올라오고 있었다. 일부이기는 하지만 믿지 못하고 의혹을 제기하는 사람들 또한 존재했다. 그럼에도 윤후는 개의치 않고 대기실에 앉아 기타를 튕기고 있었다.

"그 곡 우리가 부르면 안 돼?"

제이의 질문에 루아까지 눈을 반짝이며 윤후를 쳐다봤다. 하지만 윤후는 대답할 가치도 없다는 듯 기타만 튕겼다.

"야, 무슨 팬클럽에 팬가가 있어? 교가도 아니고!"

팬미팅 때 팬들에게 선물해 주기 위해 만든 곡이었다. 방송을 보고 나서도 자신을 응원해 주는 사람들을 위해 만든 곡이었다. 윤후 나름대로 감사의 선물을 준비한 것이다.

"나중에 다른 곡으로 같이해요."

루아는 고개를 끄덕거렸지만, 제이는 아직도 아쉬운지 입맛을 다셨다. 그때 대식이 고개를 저으며 대기실로 들어왔다.

"이야, 진짜 대단혀."

"뭐가요?"

"덥덥이들 말이여. 군대여, 군대. 진주 말 한마디에 막 군대 제식 훈련하는 것처럼 자기 자리에 척척 앉아 있구면."

팬들이 입장하는 것을 돕던 대식은 질렸다는 듯이 고개를 저었다. 그리고 잠시 뒤 일일 스태프가 준비가 다 됐다고 알리자 윤후가 자리에서 일어섰다. 처음에 한 팬미팅 때는 그저 회사에서 시키는 대로 했다면 지금은 자신을 아껴주는 사람들을 만나러 가는 것이 기대되는 얼굴이었다.

잠시 무대 뒤에서 대기하다가 무대 위의 사회자가 부르는 소리에 터벅터벅 걸어 나갔다. 한쪽에는 KBC에서 온 듯한 촬영 팀이 보였고, 맨 앞좌석에는 김 대표와 이강유, 그리고 아빠 정훈이 환하게 웃고 있었다.

가볍게 고개를 숙여 인사하고 팬들을 쳐다보자 팬들이 질러대는 소리가 강당을 흔들었다.

"후! 후! 후! 후! 더블유! 아이! 더블유! 후!"

각자가 지르는 환호가 아닌, 대식이 말한 것처럼 군인처럼 딱딱 맞게 구호를 불러대는 모습에 윤후는 멈춰 서서 그저 신기한 듯 바라보고 있었다. 그러자 사회자가 직접 윤후에게 다가와 윤후를 끌고 마련된 자리로 갔다.

"안녕하세요! 개그맨 김현태입니다! 하하! 전 이곳이 팬미팅이 아니라 위문 공연을 온 줄 알았습니다! 하하!"

"후! 후! 후!"

계속 후를 연발하는 덥덥이들 때문에 사회자도 진땀을 흘리고 있었다. 좀처럼 진정이 되지 않았다. 그런 팬들이 윤후가 손가락을 들어 입에 가져다 대자 정말 순식간에 조용해져 버렸다. 사회자는 어이가 없는 듯 마이크를 입에 대고 있는 것도 잊은 채 헛웃음을 흘렸다.

강당이 조금 진정되자 처음 팬미팅과는 다르게 팬들의 질문을 받기도 하고 좀 더 팬미팅다운 진행이 이루어졌다. 그리고 팬카페에서 약속한 대로 제일 앞 열에 자리한 백 명의 학생들을 위한 이벤트를 시작했다.

"제가 꽤 많은 팬미팅 사회를 봤는데 이런 이벤트는 살다 살다 처음 들어보네요. 하하! 이 앞쪽 학생들인가요, 개근상

타실 친구들이? 하하하하!"

사회자의 진행대로 백 명과 차례차례 포옹을 해주고 전에 만들어놓은 천으로 된 슬로건을 한 장씩 나눠 주었다. 그렇게 중간 정도 지났을 때쯤 어디서 본 듯한 얼굴이 보였다.

"오빠!"

"아, 머리카락?"

"네, 저예요, 저! 저 학교 완전 열심히 다니고 공부도 열심히 하고 있어요!"

이벤트 항목에 있는, 윤후와 함께 여행을 노리고 있는 학생의 모습에 윤후는 피식 웃었다. 사생팬이라고 불리며 미정에게 욕을 먹을 때와 달리 환한 얼굴로 자신을 보는 소녀를 흐뭇하게 쳐다보고는 머리를 쓰다듬어 주었다.

"잘했어요. 여행 갈 때도 봤으면 좋겠네요."

"꺄아아악!"

윤후의 말에 앞의 학생이 아닌 객석에서 비명 소리가 들려왔다. 그 때문에 장내를 진정시키는 라온의 직원들은 죽을 맛이었다.

"저놈 저거 연습한 거 아녀? 워매, 미쳐 불겠네."

"야, 떠들지 말고 빨리 진정시켜!"

팬들 앞에서 진정시키는 대식은 안 보인다는 팬들의 성화에 쪼그리고 앉아 이동했다.

　　　　*　　　　　*　　　　　*

　　팬들과의 대화가 끝나고 이어진 순서는 윤후의 무대였다. 기타 하나로 그동안 발표한 곡을 쭉 불렀다. 보통 다른 가수들의 팬미팅은 길어야 영화 상영 시간 정도이지만, 지금 윤후는 벌써 두 시간이 넘어가고 있었다. 그럼에도 오히려 열기는 처음보다 더 뜨겁게 타오르고 있었다.

　　"그럼 마지막 곡 부를게요."

　　"안 돼요! 더!"

　　"후! 후! 후!"

　　윤후는 연두색의 슬로건을 하늘로 흔드는 팬들의 모습에 미소를 짓고 말을 이었다.

　　"저한테 정말 소중한 곡이예요. 그리고 사람들 앞에서 처음으로 불러보게 돼서 두근거려요."

　　팬들이 조용해진 것을 확인한 윤후는 고개를 돌려 무대 옆을 쳐다봤다.

　　"나오세요."

　　그러자 소개가 마음에 들지 않는 제이가 콧등을 찡그리고 무대로 올라왔다. 루아는 긴장되는지 굳은 얼굴로 올라서고 있었다. 그러고는 인사도 하지 않고 무대에 마련된 베이스 기타를 메고 연습이라도 하겠다는 듯이 튕기려 했다.

"야, 뭐 해? 인사해야지. 루아 너, 긴장했냐? 크크."

루아는 오랜 경력이지만 처음 무대에서 연주한다는 생각에 긴장되었는데 제이의 놀리는 말에 긴장이 싹 풀려 버렸다.

윤후는 두 사람의 모습에 고개를 젓고 직접 소개를 시작했다.

"안녕하세요. 프로젝트 밴드 후."

"아!"

"유입니다!"

자연스럽게 해도 될 텐데 회사에서 배운, 융통성이라고는 하나도 없는 인사 그대로 하는 윤후였다. 그리고는 다른 멘트도 없이 곧바로 말을 이었다.

"들려드릴게요. '어때?'입니다."

제이와 루아는 인사가 못마땅했지만 어느새 기타를 들고 자신들을 쳐다보고 있는 윤후의 모습에 고개를 저으며 자신의 위치로 갔다. 그리고는 곧바로 각자의 악기를 들고 윤후의 신호를 기다렸다. 그러자 윤후가 뭐 하느냔 얼굴로 루아를 쳐다봤다.

"안 해요?"

"아, 알았어."

드럼이 아닌 베이스 기타로 시작되는 곡이기에 루아가 시작해야 했다. 루아는 바로 정신을 차리고 기타를 연주하기 시작했다. 바빠진 것은 팬미팅을 위해 김 대표가 섭외한 외부 조명 팀이었다.

"뭐야? 사인도 안 하고 바로 시작해? 야야, 빨리 불 끄고 헤어 켜라! 미치겠네."

이미 루아가 기타를 튕기기 시작했고, 약간 늦은 조명 팀의 반응이었지만 강당의 불이 꺼지며 무대 뒤에서 후아유를 거쳐 천장을 향해 조명이 비추기 시작했다.

강당 안에는 조명 때문인지 세 사람 말고는 아무도 없는 것처럼 느껴졌다. 윤후를 보고 있는 팬들이야 두말할 것 없었고, 직접 연주를 하고 있는 윤후도 비슷한 느낌이 들었다. 그 때문인지 한결 편해진 루아의 연주는 연습을 한 만큼의 실력을 뽐내고 있었다. 연주가 안정적이 되자 드럼 소리가 줄어들면서 제이의 목소리가 들리기 시작했다.

들리니, 네게 들려주려 했던 이 노래. 이 선율이

이미 윤후의 곡이기에 들어봤을 것이고, 그렇다면 지금 팬들은 따라 불러야 정상인데 강당 안의 분위기는 묘할 만큼 조용했다. 정말 아무도 없는 것은 아닐까 하는 생각이 들 정도로. 그렇지만 제이는 오랫동안 록 밴드를 한 만큼 흔들림 없이 자신의 파트를 넘겼고, 윤후의 파트가 들어가면 객석에서 따라 부를 것이라 생각했다. 이윽고 윤후가 입을 열었다.

들리니 네게 들려주고 싶던 이 노래. 이 목소리

하지만 윤후의 파트임에도 객석에서는 마찬가지로 아무런 소리도 들리지 않았다. 그리고 이어진 루아의 차례도 마찬가지였다. 음원 차트에서도 발매일부터 지금까지 압도적으로 1위를 달리고 있건만 뭔가 잘못된 것 같았다. 그렇게 루아의 코러스까지 끝났다. 그리고 2절의 첫 부분을 제이가 부르려 할 때, 객석에서 불빛이 하나둘씩 켜지기 시작했다.

들리니 네……

객석이 만들어낸 장관에 제이는 그만 가사를 놓치고 말았다. 언제 준비했는지 휴대폰 불빛으로 장관을 이루고 있었다.

J

그 때문인지 강당에는 노랫소리는 들리지 않고 연주 소리만 들렸다. 그리고 윤후의 부분이 돌아오자 객석은 곧바로 Who라는 글을 만들었다.

"고마워요, 덥덥이들."

윤후도 노래를 부르지 않고 노래 대신 감사 인사를 전했다. 그 때문인지 몇 곳의 불빛이 흔들렸지만 그런 건 전혀 문제가 되지 않았다. 팬들의 마음이 가슴에 와닿았다. 그리고 루아의 차례에도 마찬가지로 휴대폰 불빛으로 'Rua'라는 글을 만들었다. 팬미팅 경험이 많은 루아 역시도 고마운지 노래를 하지 않고 연주만 이어갔다. 그리고 후아유 세 사람이 화음을 만들어내는 마지막 부분이 되자 불이 꺼진 강당이 환해졌고, 그제야 팬들이 눈에 들어오기 시작했다. 그리고 팬들이 목소리가 강당을 흔들기 시작했다.

어때?
"팬! 찮! 아!"

네가 바라던 게 이게 맞지?
"딱! 맞! 아!"

그럴 거라 생각했어

"나도! 네 생각! 뿐이야!"

빈 음에 맞춰 준비한 팬들의 응원 구호에 윤후는 어느 때보다 환한 미소를 짓고 엄지를 치켜세웠다. 윤후는 원래의 음반보다 좀 더 연주를 끌고 갔고, 몇 번의 코러스를 더 부른 뒤에야 노래를 끝냈다.

그리고 윤후는 옆에 있는 루아와 뒤에 있는 제이를 쳐다보며 씨익 웃었다.

"야, 덥덥이들 내 팬 하라고 하면 안 되냐? 짱이다."

윤후는 피식 웃었다. 몰래 이런 준비를 한 팬들이 고맙기도 하고 자랑스럽기도 했다.

"제 덥덥이들이에요."

자랑하는 듯 말하는 윤후의 말에 루아와 제이는 피식 웃고서 인사를 하기 위해 앞으로 나섰다.

"프로젝트 밴드 후아유였습니다!"

'어때?'란 곡으로는 첫 공연이었다. 최고의 관객과 최고의 무대를 한 것 같은 기분이다. 인사를 마치고 루아와 제이가 내려갈 때까지도 팬들은 후아유를 외쳐댔고, 완전히 보이지 않아서야 조용해졌다.

그리고 윤후는 준비한 무대가 다 끝났음에도 기타를 들고 마이크 앞에 다시 섰다.

"고마워요. 항상 받기만 하네요."

팬들은 아니라며 소리를 질러댔고, 윤후는 그 모습에 미소를 짓고 입을 열었다.

"그래서 저도 준비한 게 있어요. 잘 들어봐요. 참, 휴대폰 다 들고 동영상 찍어주세요."

팬들이 휴대폰을 드는 것을 확인한 윤후는 씨익 웃고는 기타 보디를 두드리기 시작했다. 곧이어 기타를 튕겼다. 노래도 없이 연주만 이어졌지만, 그 연주는 상당히 매력 있게 들렸다. 보디를 두드리는 소리 때문에 통통 튀기는 듯 들리면서 코드를 연주하는 기타 소리 때문에 초여름의 따뜻한 햇살 같은 느낌을 주고 있었다. 알 수 없는 따뜻한 기분에 팬들은 혹시 신곡을 공개하는 것인가 하며 귀를 기울였다. 그리고 어느새 윤후의 연주는 끝이 났고, 윤후가 마이크에 대고 입을 열었다.

"어땠어요?"

"좋아요! 너무 좋아요!"

"훗, 가사는 없어요. 가사는 덥덥이들이 직접 만들어요."

팬들은 머리를 돌려가며 서로를 쳐다봤지만 아는 사람이 없는 탓에 다시 무대 위에 있는 윤후를 쳐다봤다. 그 상황을 지켜보던 맨 앞의 김 대표는 머리를 부여잡으며 인상을 쓰고 있었다.

"저걸… 저걸… 어휴!"

"하하, 윤후를 그렇게 아껴주는데 고마움의 표시죠. 사람이 어찌 은혜를 몰라서야 쓰겠습니까? 좋은 일도 하고 장합니다, 제 아들! 하하!"

"그, 그렇죠. 하하하."

웃으면서 말하는 정훈 때문에 김 대표는 억지웃음을 짓고 무대를 쳐다봤다. 그리고 듣기 싫은 말이 윤후의 입에서 나오고 있었다.

"덥덥이들만을 위한 노래예요. 가사도 직접 만들고 다음에 볼 때 같이 불러요. 참고로 저작권 등록도 할 거예요. 이름은 덥덥이. 수익금은 전부 기부하기로. 어때요? 싫은 덥덥이들?"

마치 유치원생들과의 대화 같은 모습이었지만, 덥덥이들은 자신들이 유치원생이라도 된 듯 입이 귀에 걸린 채 윤후만을 쳐다보고 있었다. 자신들과 윤후 사이에 무언가를 공유한다는데 싫을 리가 없었다. 하나같이 이미 머릿속에는 노래에 들어갈 가사를 생각하고 있었다. 그 모든 처리는 김 대표가 해야 할 터이기에 어떻게 누구 가사를 뽑아야 할지 벌써부터 머리가 지끈거리고 있었다.

*　　　　*　　　　*

휴게실로 들이닥친 대식은 곧바로 소파에 앉아서 TV를 보고 있는 윤후를 보며 손가락질했다.

"너 이 시끼야! 너 짐 다 실어놓으라고 했냐, 안 했냐?"

"실었어요."

"워매, 너 소풍 가는 겨? 지금 그 찢어질라고 허는 쇼핑백 말허는 건 아니쟈?"

대식은 기가 찼다. 당장 내일 아침 비행기로 미국에 가야 하는데 실어놓은 짐이라고는 달랑 기타 한 대하고 티셔츠 두 벌이 다였다.

"아, 너 땜시 완전 헤드가 그 뭐시기여, 그려, 브레이크 헐라고 그려. 아버님이 챙겨다주신 음식 같은 거는 워쩐 거여?"

"어? 그게 그거야?"

휴게실에서 오징어채를 질겅질겅 씹어 먹고 있는 제이였다.

"너 인마, 처먹을 게 없어서 그걸 처먹은 겨?"

"야, 말을 해야 알지. 탁자에 있으니까 먹었지."

"됐고, 나머지는 워쩐 겨?"

"김치는… 루아가 맛있다고 챙겨갔는데?"

"이런 미친! 후아유 또라이들! 완전 개또라이들이여!"

제이는 입에 오징어채를 잔뜩 집어넣으며 슬금슬금 방으로 도망쳤고, 대식은 그 모습에 진절머리가 난다는 듯 주먹을 쥐고 부르르 떨었다. 그러고는 소파에 털썩 앉아 휴대폰을 꺼내 들었다.

"지금 우리 가야 허는 곳 주소 보냈으니까 네가 잘 봐야 혀."

처음 가는 미국행 탓인지 신경이 날카로운 대식이었다. 윤후도 가보긴 했지만, 기억이 나질 않았기에 처음이나 마찬가지였다. 그래도 영어를 할 수 있다는 점 때문에 대식보다는 훨씬 나았다.

윤후는 나름 준비하고 있는 대식의 모습에 피식 웃었다. 덩치와 다르게 긴장하는 대식의 모습에 윤후도 슬슬 미국으로 간다는 것이 실감 나기 시작했다.

'꼭 찾을게요. 세 사람.'

Chapter 6
미국행

—네. 충분히 알고 있습니다. 오해하시는 거죠. 저희가 가릴 처지가 아니라는 거 잘 아시잖습니까?"

사무실에서 직접 전화를 받는 김 대표는 죽을 지경이었다. 윤후의 방송이 터진 뒤 조용하던 방송국들이 다시 들끓고 있었다.

연말이 다가오니 각 방송사에서 연말 가요 제전에 나와 달라는 섭외 전화가 물밀 듯이 오고 있었다.

"아이고, 후가 미국으로 치료받으러 가신 거 아시잖습니까?"

—한국에 언제쯤 돌아올 예정인데요? 돌아올 때 저희하고 인터뷰해 주실 거죠?

"어제 미국 도착했는데 아무래도 올해는 못 들어오겠죠. 그리고 그렇게 걱정하실 정도는 아닙니다."

—그럼 뭐, 어쩔 수 없죠.

"대신 우리 회사 아이들 OTT 아시죠? 걔네들이 후 부분을 곧잘 소화하거든요. 어떻게 루아와 제이하고 같이 무대에 서는 것도 나쁘지 않아 보이는데……."

—아, 그래요? 일단은 뭐… 회의를 해보고 다시 연락드릴게요.

김 대표는 비슷한 전화를 하도 받은 통에 녹음을 하고 싶을 정도였다.

정작 당사자는 뭘 하고 있는지 하루에 한 번 통화하면 다행이었다.

그때 자신과 마찬가지로 골머리를 앓고 있는 김진주의 한숨 소리가 들렸다.

"하……!"

"왜? 걔네들 또 싸우냐?"

"네."

"미치겠네. 뭘 그렇게 글만 올리면 싸워대."

"완전 전쟁터예요."

"아오, 그냥 아무거나 뽑아버릴까 보다. 윤후 이 자식은 이상한 짓을 벌이고 가서… 어휴!"

김진주는 모니터를 보며 여전히 한숨을 내쉬었다.

팬미팅 이후 매일같이 수백 개의 글이 올라오고 있었다. 전부 가사를 적은 글이었고, 다시 한번 다양한 연령층이 있다는 것을 확인할 수 있었다.

말도 안 되는 유치한 글부터 가사로 쓸 수 없는 장문의 편지까지 정말 다양한 글들이 쉴 새 없이 올라오고 있었다.

"그래도 내가 한숨 돌리게 해줬잖아. 하하! 안 그러냐?"

"그래서 그나마 다행이죠."

"딥 송!"

김 대표가 귀찮음에 흘러가는 말로 던진 말이 곡 제목이 되었다.

어찌 되었든 제목을 정하고 나니 그나마 싸움이 잦아든 건 사실이었다.

띠리리리.

그때, 김 대표의 휴대폰이 울렸다.

상당히 긴 전화번호로 보아 국제전화임을 확신하며 다짜고짜 전화기에 대고 화를 냈다.

"야, 인마! 왜 이제 전화해?"

─왜 화를 내유. 일과 마치면 전화하람서유. 그래서 지금

전화했는디.

"지금 두 시잖아!"

─여긴 열두 신디?

김 대표는 시계를 확인하고서 고개를 끄덕거렸지만, 말투
는 여전히 쏘아대고 있었다.

"그래서, 오늘 뭐 했는데?"

─오늘 암것도 안 했쥬. 전화기 선불 유심 칩 사고 밥 먹
고, 그게 단디유?

"내일은 뭐 한대? 어디 돌아다닐 예정이야?"

─내일은 내일 봐야 알쥬.

"야, 이 새끼. 너 한국 오기만 해라."

─내일도 이 시간에 전화헐게유. 이 번호 저장혀유.

자신은 바빠 죽겠는데 대식의 말에서 여유로움이 느껴지
자 버럭 화가 났다.

"으, 내가 갈걸!"

*   *   *

텍사스 메모리얼 시티에 위치한 한식당. 윤후는 설마 이곳
에서도 순댓국을 먹을 수 있게 될 줄은 몰랐다.

이곳까지 올 때는 한국과 다른 풍경에 두근두근했지만, 막

상 메모리얼 시티에 도착하니 건물만 띄엄띄엄 있다 뿐이지 한국과 별다를 게 없었다.

오히려 한국 사람들을 더 많이 만났다.

미국이기에 항상 하고 다니던 마스크도 벗은 채 돌아다녔고, 종종 눈치를 챈 것 같은 사람들이 보였다.

지금 있는 식당에서도 마찬가지였다.

"이건 서비스. 내가 미국에서 이 친구를 볼 줄은 꿈에도 몰랐네."

"뭐 혀? 인사혀야지."

"감사합니다."

한동안 한국에서 뜨겁게 이슈를 몰고 다닌 탓인지 식당 주인도 윤후를 단번에 알아봤다.

서비스로 순대까지 내주고 환하게 웃으면서 말했다.

"그래요. 하하! 그리고 갈 때 사진 한 장? 하하!"

식당 주인이 사라진 뒤에야 서비스로 가져온 순대를 입에 넣었다.

대식이 음식을 입에 가득 넣은 채로 말했다.

"그 뭐여. 휴스턴의 녹음실 말이여. 다 찾을 거는 아니쟈?"

"오늘은 일단 여기만 찾아봐요. 최 팀장님이 보내주신 자료 보니까 여기도 두 군데 있더라고요."

"그럼 오늘 여기 찾아보고 없으면 내일은 여기 나갈 거여?

너도 야그 들었쟈?"

"뭘요?"

"이 동네가 서울보다 세 배 정도 크다고 헌 거 말이여. 이 시끼 이거 몰랐구먼. 아는 게 뭐여? 무계획이여?"

윤후는 여전히 무표정으로 순대를 입에 넣고 있었다.

하지만 답답한 대식과 달리 윤후는 머릿속으로 어떻게 시작해야 할지 나름대로 생각 중이었다.

윤후가 한참이나 말이 없자 대식은 결국 조용히 기다렸다.

메모리얼 시티만 나가도 윤후가 없으면 말이 안 통했기에 윤후가 가자는 대로 움직여야 했다. 그리고 한참이 지나자 순대를 우물거리던 윤후가 입을 열었다.

"아무래도 다 다녀봐야겠어요."

"기껏 생각헌 게 그거여?"

최 팀장이 알아봐 준 결과 JB 스튜디오는 휴스턴에 존재하지 않았다. 아니, 존재는 했지만 10년 동안 유지하고 있는 스튜디오가 아니었다.

이미 10년 전에 폐업한 경우는 알아보기가 쉽지 않았기에 기다려 보라는 말뿐이었다.

전화로 찾을 수도 있었지만, 왠지 녹음실을 보면 단번에 알아차릴 것 같은 느낌이 들었다.

자신에게 주어진 두 달이라는 시간 동안 꼭 찾고 싶었기에 일단은 움직여야 했다.

그런 윤후의 모습에 대식은 어이가 없는지 고개를 저었다.

*   *   *

뉴욕의 한 레스토랑에 앉아 있는 MFB 에이전시의 대표 콜린 포드는 창밖을 쳐다보고 있었다.

누구를 기다리는지 긴장한 기색이 역력했다.

1층이었기에 창밖으로 지나가는 사람을 볼 때마다 고개를 돌려 확인했다.

한참 동안 창밖을 쳐다보던 중 기다리던 사람이 창문으로 지나가자 콜린은 뚱뚱한 몸으로 힘겹게 자리에서 일어섰다.

"오 마이 프렌즈 은주!"

콜린의 인사를 받는 사람은 검은 머리칼 사이로 흰머리가 뜨문뜨문 보이지만 잘 정돈된 깔끔한 동양인이었다.

은주라는 여성이 환한 미소를 지으며 다가왔다. 그녀는 가벼운 포옹으로 인사를 하고서야 자리에 앉았다.

"오랜만이야. 잘 지낸 거 같은데?"

"콜린이야말로 더 뚱뚱해졌네?"

두 사람은 꽤 친한 모습이었다. 오랜만의 만남에도 불구하고 대화 중 미소가 떠나지 않았다.

"맞다. 나 얼마 전에 한국에 다녀왔어."

"그래? 일 때문에?"

한국이란 얘기에 목소리가 약간 가라앉은 은주라는 여성의 모습에 콜린이 이해한다는 얼굴로 입을 열었다.

"아니, 마크 때문에. 갑자기 한국으로 놀러 갔지 뭐야. 그래서 잡으러 다녀왔지."

"풉, 마크 씨는 여전하네. 잘 지내지?"

"그럼. 요즘 영화 찍고 있어서 바빠."

콜린은 푸짐한 덩치에 어울리는 인자한 미소를 머금고 은주에게 말했다.

"안 그래도 한국에 가야 할 일이 있어."

"그래?"

"그래서 같이 갔으면 하는데……."

은주는 콜린의 말에 잔을 들고 있던 손을 살짝 떨었다.

콜린의 말처럼 한국에 가고 싶었다.

태어난 곳도 한국이고 자란 곳도 한국이었다. 미국에 온 것은 오로지 남편 때문이었다.

그 모든 배경을 아는 콜린은 안쓰러운 얼굴로 떨리는 은주의 손 위에 자신의 손을 올려놓으며 말했다.

"한국에 가서 살아. 여기는 외롭잖아. 친구도 없고. 한국에는 친구 있다고 했잖아."

은주는 입이 말라오는지 자신의 손 위에 있는 콜린의 손을 밀어내고 물로 입술을 적셨다.

그러고는 한숨을 뱉고서 입가에 미소를 지으며 말했다.

"콜린도 친구잖아. 나 친구 많아."

"아니, 진짜 친구들. 은주한테 필요한 친구들 말이야. 나같이 있으나마나 한 놈 말고."

"콜린이 왜? 별소리를 다 하네."

콜린은 자신을 친구라고 해주는 은주의 말에 고마움을 느꼈지만, 한국에 갈 수 없는 은주의 상황을 알기에 억지웃음을 짓고 있는 은주가 안쓰러웠다.

"우리 일 년에 한 번 보면 많이 보는 거야. 알지?"

"알지."

"은주, 잘 생각해 봐. 대략 내년 1월 말에 가게 될 거야. 그리고… 24일 지나서… 갈 거야."

24일이라는 말에 은주의 낯빛이 어두워졌다.

그러고는 이번에는 물로 입을 적시는 정도가 아니라 벌컥벌컥 마셔댔다.

"은주, 10년 동안 혼자 지내는 모습 그 친구가 보면 어떨 거 같아? 나였으면 못 참았을 거 같은데……."

대답이 없는 은주의 모습에 옛 친구의 얼굴이 떠오르는지 콜린은 잠시 눈을 감았다.

'미안하네, 친구. 진작 한국으로 데려갔어야 했는데… 자네도 알다시피 저렇게 고집을 부리고 있어. 내 말이 들린다면 도와주게.'

콜린은 잠시 친구에게 기도를 하고 눈을 떴다.

어느새 마음을 추스르고 평소처럼 웃고 있는 은주가 보였다.

콜린도 얼굴에 미소를 머금었다.

은주도 생각할 시간이 필요했기에 콜린은 포근한 미소를 지으며 말을 돌렸다.

"그리고 이번 년도 정산비도 곧 들어갈 거야."

"고마워, 콜린."

"줄 거 주는 건데 뭘. 그래도 작년보다는 좀 적을 거야. 워낙 녹음실이 오래돼서 수리하다 보니 말이야. 참, 빈센트가 쓰던 건반도 바꿨어. 그것도 다음 주 정도에 은주가 사는 집으로 도착할 거야."

"알았어. 항상 고마워."

"고맙긴, 내가 고맙지. 우리 스튜디오도 없었을 때 기꺼이 빌려주고 그랬는걸. 우린 빈센트 없었으면 이미 망했을 거야. 하하!"

은주는 뚱뚱한 몸으로 오버하는 콜린의 모습에 피식 웃고 말았다.

언제나 그랬다. 남편의 오랜 친구이면서 동료이던 콜린과의 대화에는 언제나 남편이 끼어 있었다.

그래서 콜린과 만날 때면 남편과의 추억을 떠올릴 수 있었기에 언제나 두근거렸다.

"콜린, 한국은 어땠어?"

"한국? 음, 난 가자마자 마크 잡아 오느라고… 참, 이상한 녀석을 한 명 봤지. 하하하!"

"누군데? 누구?"

"이상한 놈 하나 있어. 마크도 쩔쩔매던데? 다들 마크 앞에서 잘 보이기 바쁜데 마크를 그냥 행인처럼 보더라고. 하하하! 신기했지."

"그래? 마크 씨 또 막 자기 작품 얘기하고 떠들고 다녔겠네?"

"그건 몰라. 하하하! 아무튼 재밌는 놈이야. 한국에서 꽤 유명하다던데?"

콜린은 그때 당시를 생각하니 웃음이 나는지 휴대폰을 꺼내면서도 여전히 웃고 있었다. 그는 휴대폰으로 검색해 은주에게 내밀었다.

"이 녀석이야. 이름이 Who래."

"어? 나도 알아. 나 이 친구 노래 좋아해. 특히 '너라서 좋았어'!"

콜린은 남편과 사별 후 다른 사람의 노래를 안 듣는 은주가 후를 알고 있다는 것이 신기하다는 듯 어깨를 으쓱거렸다.

"그래? 하긴 그러니까 마크가 조르지. 한국에 가는 이유가 이 친구 때문이거든. 마크가 직접 만나서 부탁한다고 그러더라고. 알잖아? 마크가 빈센트한테도 얼마나 졸라댔는지. 하하!"

은주 역시 잘 알고 있었기에 고개를 끄덕거렸다. 하지만 끝내 같이하지는 못했다.

"나도 약간 기대는 하고 있어. 이런 말 해서 미안하지만, 왠지 그 녀석한테서 빈센트의 느낌이 났거든."

은주는 콜린의 말에 무언가 떠오른 듯 다급히 입을 열었다.

"혹시……."

"아, 아니야. 나도 설마 해서 물어봤는데 미국에 온 적도 없다고 했어. 빈센트야 20년 동안 미국에서 벗어난 적이 없으니까 다른 데서 만났을 수도 없잖아."

"그래……."

"어휴, 빈센트는 왜 이상한 말은 해서……."

"그러게. 마지막까지 그랬지. 한 번만이라도 그 어린 친구

하고 같이 스튜디오에 앉아보고 싶다고."

은주는 남편의 마지막 모습이 떠오르는지 입술을 굳게 다
물었다.

                     *   *   *

메모리얼 시티를 벗어나 휴스턴의 외곽 미주리 시티 근처
까지 오게 된 윤후는 허름한 스튜디오에서 나오고 있었다.

그리고 그 옆의 대식은 시차에 아직 적응을 못했는지 하
품을 하면서 따라왔다.

"하, 오늘은 이만 허지? 날도 다 저물었는디. 여서 젤 가차
운 녹음실도 삼십 분은 가야 혀."

대식의 말대로 지금 방문한 곳이 두 번째였지만, 길을 헤
맨 탓에 벌써 해가 져가고 있었다. 윤후도 고개를 끄덕거렸
다.

"여서 대충 저녁 먹고 이 근방에서 자는 게 낫겠쟈?"

대식이 무엇을 원하는지 알기에 윤후는 차에 올라타고는
곧바로 스마트폰으로 근처 모텔을 예약했다.

"예약했어요. 내비 찍을게요."

"그려. 점심은 빵 쪼가리 먹었는디 저녁은 밥 먹을 수 있
겠쟈?"

"훗."

하지만 대식의 바람과 달리 이동하며 보이는 곳에 한국 식당은 없었다.

그나마 뜨문뜨문 보이는 식당인 탓에 윤후는 그중 한 곳을 골라 들어갔다.

식사 겸 음주가 가능한 식당이었고, 종업원의 안내에 따라 창가 쪽에 자리했다.

상당히 한적한 식당에 만족한 윤후는 알아서 대식의 음식까지 주문했다.

"뭐 또 이상한 거 시킨 거 아니쟈?"

"스테이크 시켰어요."

"그랴, 차라리 그게 낫쟈."

대식은 한국말을 알아들을 수 있는 사람이 없음에도 조심스럽게 얼굴을 내밀고 소곤거렸다.

그 모습에 윤후는 피식 웃으며 식사를 기다렸다.

그리고 식사가 나와 음식을 먹는 중 식당 한쪽에 마련된 무대에 얼굴이 까무잡잡한 중년 남성이 기타를 들고 무대에 올랐다.

손님이라고는 자신들 테이블과 멀찍이 떨어져 있는 다른 테이블이 다였고, 무대 바로 앞 테이블에 열 살 정도로 보이는 아이 한 명이 의자에 턱을 기댄 채 무대를 보고 있었다.

무대 위 남자는 노래를 시작하려는지 마이크를 손가락으로 두드렸다.

"노래 부르는가 본디? 가뜩이나 괴기만 있어서 체할 거 같은디 시끄럽게 노래를 하고 그런다. 아우."

윤후는 피식 웃으며 자신의 접시에 있는 피클을 대식의 접시에 옮겨주고 무대를 쳐다봤다.

무대 위의 백인 남성은 맥주를 한 모금 들이켜고는 인사도 없이 바로 기타를 튕기기 시작했다.

윤후는 턱을 괴고 노래가 시작되길 기다렸다.

상당히 건성건성 기타를 연주하는 남자의 모습에 별 기대감 없이 가만히 듣고 있었다.

그리고 그 엉성한 기타에 들리는 남자의 목소리에 윤후는 멍하니 무대를 쳐다봤다.

어쩌다 보니 내 곁에 누구 하나 남아 있지 않더라. 그래도 괜찮아, 익숙하니까

혼자인 줄만 알았는데 혼자가 아니더라. 뒤를 돌아보니 반짝이는 네가 있었어

그래, 바로 네 덕분에 일어서게 된 거야

바로 너, It's you

엉성한 기타 실력과 달리 삶이 묻어 있는 느낌이 들었다.

정말 세상이 다 끝난 것처럼 공허하게 시작된 노래는 마지막 부분에서는 희망을 발견한 듯한 느낌을 주었다.

지금까지 누구의 노래를 듣고서 이렇게까지 온몸에 소름이 돋은 적은 없었다.

처음이었다. 자신이 지금 따라 부른다고 해도 저 남자처럼은 부르지 못할 것 기분은.

다만 아쉬운 건 그의 기타 실력이었다.

윤후는 크게 숨을 몰아쉬고 눈을 감았다.

*　　　　　*　　　　　*

머릿속에 좀 전에 들은 노래가 떠다녔다.

남자의 기타가 아닌 자신이 기타를 연주했고, 공허한 느낌을 주는 첫 부분에는 첼로 소리를 더해 한층 공허함을 끌어냈다.

다른 음악처럼 바꿀 곳도 없이 멜로디나 코드 자체가 완벽했기에 연주만 바꿔 상상하고 있던 윤후는 생각을 마치고서야 눈을 떴다.

그러고는 박수를 치기 시작했다.

"밥 처먹다 말고 뭐 허는 겨?"

대식의 말에도 윤후는 여전히 박수를 쳤다. 그리고 무대 위의 남자와 눈이 마주쳤다.

　"감사합니다."

　무대 위 남자는 가볍게 손을 올려 인사했고, 자신에게 주어진 시간이 아직 남았는지 또 다른 노래를 시작했다.

　윤후는 좀 전보다 더 집중해 노래를 듣기 시작했다.

　하지만 처음 곡처럼 충격을 주는 곡은 아니었다.

　그 뒤로도 몇 곡을 더 했지만, 대체적으로 부족했다. 곡의 코드나 멜로디나 모든 것이.

　윤후는 같은 사람의 곡이 아니라는 생각이 들었다.

　그런 노래 때문인지 매력적이던 목소리까지 묻히고 있었다.

　그렇게 남자의 노래가 끝나자 윤후는 자리에서 일어섰다.

　"뭐 헐라고 그려? 피곤혀 죽겄는디 후딱 먹고 가자고."

　"그냥 뭐 좀 물어보고만 올게요."

　윤후는 대식의 만류에도 남자에게로 다가갔다.

　그러고는 기타를 케이스에 넣는 남자에게 다짜고짜 질문을 던졌다.

　"지금 부른 곡들 전부 직접 쓰신 건가요?"

　남자는 얼마 없는 객석에서 자신의 무대에 관심을 보이던 동양인의 질문에 기분이 좋은지 미소를 지었다.

그러고는 윤후가 알아듣지 못하는 말을 꺼냈다.

"gracias por su atencion."

"흠……."

윤후는 처음 듣는 언어였기에 이해하지 못했다. 그때 뒤에 앉아 있던 소년이 대신 입을 열었다.

"아빠는 긴 영어는 못해요."

다행히 의자에 앉아 있던 소년이 영어를 할 줄 알았다.

소년 역시 까무잡잡한 얼굴에 검은 머리로 보아 멕시코의 인종 중 많은 수를 차지하는 백인과 원주민의 혼혈처럼 보였다.

윤후가 소년을 보고는 질문을 던지려 하자, 자신의 표정 때문인지 약간 겁먹은 듯 보이는 소년의 얼굴이 이상하게 마음에 걸렸다. 아니나 다를까, 소년의 입에서 불안하던 이유를 알 수 있었다.

"ICE예요? 우리 이 근처 살아요. 불법체류자 아니에요."

"흠……."

커다란 눈에 검은 눈동자가 잔뜩 겁을 먹은 듯 흔들리고 있으면서도 자연스럽게 행동하려 애쓰고 있었다.

예전 같았으면 뭐가 어찌 되었든 소년의 사정에 관심이 있을 리 없었건만, 사람들과 부딪치면서 인간관계를 알아간 덕분인지 나름 배려해 조심스럽게 말했다.

"아빠구나. 난 그저 노래가 너무 좋아서 인사하러 왔어요. 혹시 내 말 전해줄 수 있어요?"

"네?"

소년은 이런 경우를 처음 겪어보는지 당황하며 기타를 정리하는 자신의 아빠를 쳐다봤다.

그러고는 잠시 스페인어로 대화를 하고 윤후에게 말했다.

"뭐라고요?"

"흠, 첫 곡의 제목을 알 수 있을까요? 음반이 있다면 구매하고 싶어서 그런다고 전해줄래요?"

"아, 첫 곡이요? 'It's you'가 제목이에요."

"그래요? 너무 좋았어요. 혹시 음반으로 들어볼 수 있나요?"

윤후는 음반에서는 기타 연주가 엉성하지 않을 것이라는 생각에 질문했다.

하지만 전혀 뜻밖의 대답을 듣게 되었다.

"아니요. 미국에서는 처음 부른 거예요. 엄마가 저한테 쓴 편지를 아빠가 만들었어요. 영어 가사로 제가 바꿨지만."

"아……"

윤후는 자신이 이 곡을 처음 듣는 관객이라는 소리에 미소를 지었다.

좀처럼 들어보기 힘든 곡을 누구보다 빨리 들었다는 것에 기분이 상당히 좋았다. 하지만 한국에서 길지는 않지만 연예계 생활을 해본 경험 탓인지 앞의 두 부자가 불안해 보이기도 했다.

소년의 반응으로 보아 멕시코에서 넘어온 불법체류자일 수도 있을 것이다.

윤후는 지금 이 곡을 완벽하게 듣고 싶었다.

그리고 세상 사람들에게도 들려주고 싶었다.

하지만 미국에는 아는 사람도 없고 자신이 해줄 수 있는 일도 없었다. 그때, 대식의 목소리가 들려왔다.

"야, 빨리 가야 혀. 대표님이 보고 안 허믄 또 삐쳐가지고 난리블루스를 칠 건디!"

대식의 말에 윤후의 얼굴에 김 대표에게서 볼 수 있던 미소가 피어올랐다.

*　　　　*　　　　*

윤후는 멕시코 부자와 자리를 함께했다.

"아빠는 크리스티안, 저는 파블로예요."

"난 윤후, 오윤후예요."

"아이 엠 대식, 대식 봉. 유노? 스틱 쌤쌤 봉. 오케이?"

간단하게 인사를 나눴지만 함께 있는 자리가 불안한지 파블로는 연신 주변을 두리번거렸다.

그 모습에 윤후는 일단 자신의 소개로 안심시켰다.

"난 한국이란 나라에서 가수를 하고 있어요."

"한국 사람?"

"한국 알아요?"

한국이란 말에 파블로의 눈이 반짝거렸다.

그러고는 윤후를 신기한 듯이 쳐다봤다. 약간 경계하던 모습은 사라지고 다짜고짜 물었다.

"마몽드 알아요?"

"마몽드?"

파블로가 어떻게 아는지 해체한 마몽드를 아느냐는 질문에 약간 당황했다.

걸 그룹 마몽드가 유명하기는 했어도 설마 미국에서까지 아는 사람이 있을 거라고는 생각도 못 했다. 그리고 파블로의 말이 이어졌다.

"멕시코에 마몽드 팬 많아요. 난 그중에 루아 팬이고요. 실제로 만나봤어요?"

"만나보긴 했죠."

윤후는 갑자기 이상한 방향으로 흘러가는 대화에 머리를 긁적이며 대식을 쳐다봤지만, 대화를 알아듣지 못하는 대식은 알아듣는 척 웃고만 있었다.

그리고 파블로의 말이 이어졌다.

"이번에 루아가 만든 밴드 노래도 엄청 좋아해요. 후아유의 어르때?"

"어때? 이 곡?"

"네. 특히 그 후라는 사람은 처음 들어봤는데 너무 좋더라고요."

윤후는 바로 앞에서 칭찬을 들으니 어색함이 올라와 목을 긁적였다.

그러고 보니 아직 후아유로는 활동을 한 번도 안 했다.

여러 가지 사건이 뒤섞이며 활동이라고는 팬미팅이 처음이자 마지막이었다.

비록 루아 덕분에 들어본 것 같지만 그래도 고마운 마음에 윤후는 입을 열었다.

"내가 후예요."

윤후가 자신이 후라고 밝혔지만 어째서인지 파블로는 더욱 경계했다.

그리고 파블로의 눈빛이 왠지 모르게 익숙했다.

자신이 김 대표를 쳐다볼 때 저런 눈빛이 아닐까 싶었다. 윤후는 자신의 사진도 보여줬지만, 증명하려고 하면 할수록 경계심은 더해갔다.

윤후는 직접 노래를 불러볼까 하다가 더 좋은 방법이 떠올랐다.

휴대폰에 저장해 놓은 루아의 전화번호를 처음으로 눌렀다.

―벌써 한국 왔어?

"그건 아니고요."

전화를 하긴 했지만 막상 통화가 연결되니 뭐라고 말을 꺼내야 할지 난감했다.

―왜? 무슨 일 있어?

"그건 아니고요. 여기서 선배님 팬을 만나서요. 잠시만요."

윤후는 다른 말도 없이 다짜고짜 파블로에게 전화를 내밀었다.

"마몽드 루아니까 받아 봐요."

파블로는 경계하면서도 사실일까 내심 궁금했는지 조심스럽게 전화를 받았다.

그러고는 옆에 있는 아빠를 쳐다보고는 전화기에 대고 인사했다.

"헬로우."

―…헬로?

"마몽드 루아 맞아요?"

영어로 대화가 불가능한 루아였기에 우습게도 상황이 더 꼬여 버렸다.

파블로는 긴가민가한 눈으로 윤후를 쳐다보고 있었다.

윤후는 다시 전화기를 건네받았다.

"나중에 전화할게요. 죄송합니다, 선배님."

ㅡ괜찮아. 일 잘 마치고 와. 기다릴게.

도움을 주고 싶어서 이렇게까지 하는 자신이 우스워 윤후는 자신도 모르게 피식 웃었다.

그리고 그때 옆에서 알아듣지는 못하지만 통화 덕분인지 어떤 상황인지 대충 눈치챈 대식이 윤후를 보며 혀를 찼다.

"쯧, 멍청허믄 약도 없는 겨. 나헌티 니 팬미팅 때 찍은 영상 있는디 보여 달라고 허믄 되잖여."

생각지도 못한 대식의 말에 윤후는 허탈하게 웃고는 대식이 내민 휴대폰을 파블로에게 보여줬다.

그러자 한참을 보고 있던 파블로가 화면을 정지시키고 윤후를 쳐다봤다.

그제야 자신의 말을 믿는 듯한 파블로의 모습에 윤후는 피식 웃었다.

"그럼 조금 전에 통화한 사람이 진짜 마몽드 루아?"

반짝이는 파블로의 눈빛을 본 윤후는 오늘 따라 수십만 명의 덥덥이들이 그리워졌다.

*   *   *

윤후가 한국에서 유명한 가수라는 것을 확인하고 나서야 파블로와 크리스티안의 얘기를 들을 수 있었다.

멕시코 출신인 크리스티안은 처음 미국에 왔을 때는 불법 체류자 신분이 아니었다고 한다. 또한 멕시코에서 유명하진 않았지만 가수였다고 말했다.

주로 추구하는 음악이 포크 록인 덕분에 라틴 팝 위주의 멕시코 정서보다 오히려 미국에 어울렸다.

그래서 이민을 위해 미국에 왔지만, 이민 신청이 받아들여 지지 않아 그때부터 불법체류자 신세가 되었다고 한다.

지인도 없는 미국에서 달랑 기타 하나 들고 음반을 내는 것이 쉬운 일이 아니었다.

일단 신분 문제부터 해결해야 음반을 내든 한국을 소개해 주든 하기에 윤후는 밖으로 나와 지금 자신이 들은 얘기를 전화로 얘기 중이다.

─그러니까 왜 미국까지 가서 그런 일을 하고 있느냐고! 네가 무슨 종교인이야, 뭐야? 지나가다 불쌍해 보이면 다 구 제해 주고 싶고 그래? 너 그거 오지랖이야!

"그런 거 아니에요."

─야, 그런 쓸데없는 짓 하지 마. 괜히 귀찮은 일에 엮이지 말고.

"흠. 제 노래만큼 좋은데요?"

―야, 그래 봤자 우리나라에서 안 먹혀. 외국인이라며. 백인도 안 통하는데 무슨 멕시칸을… 그리고 내가 무슨 힘이 있냐. 미국에 있는 사람을 어떻게 도와줘?

어째서인지 단호한 김 대표의 말에 윤후는 식당 안에 있는 파블로를 쳐다봤다.

말도 안 통하는 대식과 뭐가 그리 재밌는지 웃고 있었다. 윤후는 회심의 카드를 꺼냈다.

"한국 가면 앨범 낼게요."

―야, 너 한국 와도 너보다 루아 앨범부터 내야 되거든? 그리고 안 되는 건 안 되는 거야.

윤후는 김 대표라면 해결책이 있을 것이라 생각했건만, 오히려 말리는 모습에 난감했다. 정말 도와줄 사람이 없나 고민하던 중 미국에 아는 사람이 떠올랐다.

"마크 연락처 아세요?"

―마크? 내가 그걸 어떻게 알아? 아, 맞다. 기다려 봐.

전화기 너머에서 부스럭대는 소리가 들리더니 잠시 뒤 김 대표는 MFB 스튜디오라는 곳의 전화번호를 알려주었다.

―저번에 본 마크 옆에 있던 뚱땡이 기억나? 그 사람이 명함 주고 갔어. 금박 박힌 거. 이걸 잊어먹고 있었네.

"네."

─그 사람 스튜디오야. 연락해서 마크 물어봐. 내가 물어
봐 주고 싶은데 네가 직접 물어보는 게 편할걸.

김 대표가 영어를 못한다는 것을 아는 윤후는 피식 웃었
다.

그래도 김 대표가 직접적인 도움을 주진 않았지만 역시
김 대표에게 말하면 어느 정도 실마리가 보였다.

윤후는 전화번호를 받고는 바로 김 대표와의 통화를 끊었
다.

이어 곧바로 MFB 에이전시에 전화를 걸었는데 늦은 시간
인지라 연결이 되지 않았다.

하지만 그래도 희망이 있다는 생각에 윤후는 숨을 고르
고 식당 안으로 들어섰다.

"두 유 노우, 루아? 마이 베스트 프렌드. 유 오케이?"

어떻게 알았는지 루아를 팔아먹고 있는 대식의 모습에 피
식 웃으며 자리에 앉았다.

"혹시 연락할 방법 있어요?"

"휴대폰이 있긴 해요. 그런데 휴대폰 쓰면 위치 추적당한
다고 해서… 이거라도 알려 드릴까요?"

"그래요? 흠, 알았어요. 알려주세요."

윤후는 파블로의 전화번호를 휴대폰에 저장했다. 그러고
는 처음과 달리 경계심 없이 미소를 짓고 있는 파블로에게

말했다.

"아빠한테 전해줘요. 다른 곡은 몰라도 'It's you' 그 곡은 다른 데서 부르지 말라고."

"왜요?"

윤후는 한국에서 자신이 들은 행태들을 떠올렸다.

미국도 별반 다를 바 없을 것이라는 생각에 조심스럽게 입을 열었다.

"저작권 문제 때문에."

"왜요? 우리 이미 멕시코에서 등록했는데."

"그래도 여기에서 해야 하지 않을까요?"

"멕시코, 베른조약 가입국인데요?"

윤후는 순간 당황했다. 잘 알지 못하는 말이 파블로의 입에서 나왔다.

그리고 파블로는 다시 경계하는 눈빛으로 변했다.

"가수 맞아요? 어떻게 그런 것도 몰라."

"흠……."

왠지 부끄러워져 말도 제대로 하지 못했다.

파블로는 계속 경계심 어린 눈빛을 보냈고, 파블로에게 통역으로 상황을 이해한 크리스티안이 미소를 머금고 입을 열었다.

"Gracias por su cálido corazón."

"따뜻한 마음에 고맙대요."

해석을 해주지 않아도 크리스티안의 얼굴에서 충분히 느껴졌다. 윤후도 미소로 화답했다.

"내가 내 전화번호 알려줄 테니 언제든 연락해요. 두 달간 휴스턴에 있을 예정이니까요."

＊　　　　＊　　　　＊

다음 날 이른 아침부터 차로 이동 중인 윤후는 전화를 꺼내 들었다.

그러고는 어제 김 대표에게 받은 연락처로 전화를 걸었다.

—헬로, MFB 스튜디오입니다.

"안녕하세요. 전 한국에서 온 후라고 합니다. 혹시 마크 그레이스 씨와 통화를 할 수 있나요?"

—또 시작이네. 도대체 한국에서 마크 씨를 왜 찾는 건지 모르겠네요. 스케줄을 알려줄 수도 없고. 그리고 마크 씨는 스튜디오 소속이 아니라 에이전시 소속입니다.

몇 개월 전부터 전화를 받는 이 사람은 한국의 방송사로부터 마크를 찾는 전화로 시달렸다.

그때 당시도 윤후 때문이었지만 그것을 알 리가 없는 윤후는 꽤나 불쾌했다.

그렇지만 도움이 필요했기에 입맛을 다시고 다시 물었다.

"그럼 콜린 포드 씨랑 연락할 수 있나요?"

ㅡ누구요? 다시 말씀해 주실래요?

"콜린 포드. 명함에 이쪽 전화가 있는데 잘못 건 건가요?"

ㅡ무슨 명함을……

"금박 박힌 명함이라는데요."

ㅡ오 마이 갓. 보스? 콜른 포드?

직원은 그제야 자신이 실수했다는 것을 알았는지 미안하다는 말을 연발했다.

그 명함은 아무에게나 주는 명함이 아니었다.

ㅡ정말 죄송합니다. 한국 취재진에게 전화를 하도 많이 받아서 실수했어요.

"네. 콜린 포드 씨랑 연락할 수 있나요?"

ㅡ네, 잠시만요. 제가 연락해 보고 지금 거신 번호로 연락 드리겠습니다.

윤후는 전화를 끊고 창밖을 바라봤다.

혹시 경비 할아버지나 제이 때처럼 파블로 부자가 음악으로 연결시켜 주려는 것은 아닐까 하는 생각에 빠져 있었다.

그때, 옆에 있던 대식의 하소연이 들려왔다.

"영어 공부 헛짓거리여. 무슨 말을 하는지 하나도 모르겠어. 어우, 답답혀."

생각에 잠겨 있던 윤후는 피식 웃었고, 그때 모르는 번호로 전화가 걸려왔다.

　―아임 콜린 포드.

Chapter 7
콜린의 실수

　스튜디오 촬영을 하는 마크의 현장에 있던 콜린은 에이전시에서 걸려온 전화에 고개를 갸우뚱거렸다.

　그렇지 않아도 언제 말을 꺼내야 하나 시기를 엿보고 있던 중이다.

　"무슨 전화야? 뭘 그렇게 입을 씰룩거리고 있어?"

　"아, 제시가 회사로 후한테 전화 왔다고 그래서. 마크 너 연락한 적 있어?"

　"후! 마이 후? 나 그때 이후로 본 적 없지. 연락처도 모르고."

"그래? 뭐, 한번 걸어보지. 뭐야? 713이면 휴스턴 아니야?"

로밍이 아닌 선불 유심 카드로 인해 지역 번호를 사용하게 된 윤후였기에 휴대폰의 앞 숫자가 지역 번호였다.

콜린은 고개를 갸웃거리며 전화를 걸었다.

"아임 콜린 포드."

—안녕하세요. 후입니다.

콜린은 통화를 엿들으려 하는 마크에게 피식 웃으며 후가 맞는다는 듯 손으로 동그라미를 만들었다.

"그렇지 않아도 한번 만나고 싶었는데 잘됐네요. 혹시 지금 미국에 있는 건가요?"

—네, 휴스턴이에요.

"하하, 번호 보고 혹시나 했는데 맞았군요. 한번 만나야 하는데 운명인 건가요? 하하!"

마크는 쓸데없는 말 하지 말고 본론부터 말하라며 닦달했고, 콜린은 마크가 귀찮은 듯 등을 돌려 버렸다. 그리고 후는 뭐가 그리 급한지 곧바로 용건부터 꺼냈다.

—부탁이 있습니다.

"무슨 부탁을……?"

—네. 제가 우연히 좋은 노래를 부르는 사람을 봤어요. 그런데 그……

"잠깐, 잠깐."

콜린의 한쪽 눈썹이 올라갔다. 부탁은 자신들이 하려고 했는데 지금 후의 얘기를 들어보니 자신에게 부탁을 꺼내고 있었다.

콜린은 불룩 튀어나온 배에 손을 올리고 뒤를 돌아 마크를 쳐다봤다.

＊　　　＊　　　＊

"왜? 왜? 뭐래?"

"잘될 것 같아. 기다려 봐."

콜린은 마크를 보며 피식 웃고는 전화에 대고 말했다.

"그런데 말이죠, 제가 왜 그런 부탁을 들어줘야 하는지 모르겠습니다. 회사로 데모 CD를 보내든지 하시면 될 텐데 말이죠."

—음······.

"이름도 없는 신인을 오디션도 아니고 후 씨의 말만 듣고 도와달라는 것 자체가 말이 안 되네요."

옆에 있는 마크는 통화 내용을 들으며 안절부절못했다.

그럼에도 콜린은 단호하게 내뱉는 말과는 다르게 입가엔 미소를 짓고 윤후의 대답을 기다렸다.

마크의 부탁으로 후를 만나려는 참이었는데, 지금의 통화 내용을 들어보니 계약을 할 때 우위에 설 수 있는 기회였다.

그리고 그때 윤후의 목소리가 들렸고, 콜린은 어떤 말을 할지 기대하며 전화를 귀에 가져다 댔다.

—음. 알겠어요. 실례했습니다.

"…어?"

—그럼 안녕히 계세요.

콜린은 다급하게 입을 열려 했지만 이미 전화가 끊어져 버렸다.

자신의 생각과는 너무 다른 윤후의 반응에 콜린은 뒤에 있는 마크를 멍하니 쳐다봤다.

"콜린, 내 영화 후가 안 맡으면 너랑 끝이다!"

"아니… 무슨… 부탁을……."

콜린은 배에 올려놓은 손을 내려놓고 인상을 쓰며 다시 전화를 눌렀다.

＊　　　　＊　　　　＊

어김없이 녹음실을 찾아다니는 윤후는 창밖을 쳐다보며 콜린과의 통화를 생각했다.

"흠."

"뭐여? 잘 안 된 겨?"

"네."

"당연한 거여. 언제 봤다고 대뜸 전화해서 부탁헌다고 들어주겄어? 아무헌티나 부탁허믄 다 들어주고 그럴 거 같은겨? 네가 대표님도 아니고 말이여. 그 양반은 원래 얼굴에 철판을 깔아서 만나자마자 부탁도 허고 그러는 거여. 앞으로 따라 허지 마라."

대식의 말대로였다.

콜린과는 제대로 대화를 한 적도 없고 얼굴을 마주친 것도 단 한 번뿐이다.

그런 상태에서 다짜고짜 부탁을 했고, 당연하다는 듯이 거절당했다.

또한 곰곰이 생각해 보니 콜린의 말대로였다.

지금까지 스스로 해본 일이 몇 가지 없었다.

김 대표를 비롯해 지금 옆에 있는 대식까지 하나같이 도움을 받고 있었다.

그렇기에 자연스럽게 부탁을 한 것이다. 그런 스스로의 모습에 윤후는 자신도 모르게 피식 웃어버렸다.

"웃기는… 어떡할 거여, 이제?"

"저도 잘 모르겠어요."

"눈빛이 영 수상혀. 지금도 충분허니까 헛짓거리 할 생각이랑 넣어둬."

단지 어떻게 해야 할지 생각했을 뿐이다.

김 대표였다면 어떻게 했을까 생각했지만 영 도움이 되지 않았다.

제대로 정면 돌파하기에는 어울리지 않는 인물이었다. 그 때, 조금 전 통화를 한 콜린에게서 전화가 왔다.

—뭘 그렇게 급하게 끊으십니까? 하하!

"흠, 그냥 혼자 해결해 보려고요."

—하하, 그렇게 쉽다면 저희 같은 에이전시가 왜 있겠습니까. 그러지 말고… 마침 저희도 후 씨가 필요한 참이었습니다.

윤후는 운전 중이던 대식을 힐끔 쳐다보고는 콜린의 말을 마저 들었다.

—하하, 어떠십니까?

"제가 뭘 하면 되는데요?"

—별건 아닙니다. 예전에 마크가 한번 말했다고 들었습니다. 영화음악.

윤후도 완벽하지 않은 '스마일'을 들려주었을 때를 기억하고 있었다.

별로 어렵지 않은 얘기였지만, 막상 대답하려니 김 대표의 얼굴이 아른거렸다.

—하하, 후 씨에게도 굉장한 커리어가 될 것 같다고 생각합니다.

"흠. 회사하고 얘기해 볼게요."

ㅡ네? 제가 혹시… 말을 안 했나요? 마크 그레이스 영화입니다.

"네, 알아요. 그러니까 회사하고 얘기해 볼게요."

*　　　　　*　　　　　*

콜린은 상당히 당황하고 있었지만 윤후가 그것을 알 리가 없었다.

그런 윤후는 전화를 끊고 생각에 잠겼다.

김 대표에게 말해봤자 또 쓸데없는 짓 하지 말라고 할 것이다. 그때 대식이 입을 열었다.

"오늘 여가 마지막이여. 이렇게 돌아다닐 줄 알았으면 집은 괜히 빌렸어. 안 그랴?"

대식이 차에서 내리지도 않고 핸들에 팔을 기댄 채 밖을 보며 말했고, 윤후는 대식이 말하는 장소를 쳐다봤다.

차에서 내리지 않아도 이미 오래전에 문을 닫았다는 것을 알 수 있었다.

그 닫힌 문을 보니 모든 일이 제대로 풀리지 않는 느낌이 들었다.

"아무리 봐도 헛고생이여. 이름 하나 달랑 들고 워뜨케 찾는다는 겨. 막말로 말이여, 그 양반이 집에서 녹음했을지 워뜨케 알어? 안 그랴?"

"녹음실이 크다고 그랬어요."

"본 적도 없담서? 안 그랴? 나도 말만으로는 집에서 호랑이도 키우는 사람이여."

윤후는 피식 웃다 말고 대식이 무심코 뱉은 말에 좋은 생각이 떠올랐다.

과연 항상 도움만 받던 자신이 할 수 있을까 걱정되긴 했다. 물론 대식의 도움이 필요하긴 했지만.

"형."

"뭐여? 너 자꾸 대표님 따라 할 겨?"

"오늘은 집으로 가요."

"뭐? 지금 가자고? 여서 안 자고?"

"집에 가서 자요."

윤후는 내비게이션에 김 대표가 마련해 준 집 주소를 적었다.

"30분이면 가네요. 가요."

"너 여기 또 오자고만 혀봐."

*　　　　*　　　　*

아침 일찍 일어난 윤후는 대식과 함께 이동 중에 무언가를 검색하며 종이에 적기 시작했다.

오디오 인터페이스, 스피커, 스피커 케이블, 팝 필터.

홈 레코딩에 필요한 장비들을 적고 있었다. 한국의 집에서 마이크만 빼고 전부 구매해 봤기에 필요한 장비를 적는 것은 어렵지 않았다. 다만 모두 다 적고 나니 가격이 상당했다.

하지만 가격이 문제가 아니었다. 인터넷으로 구매하려니 너무 늦게 도착하는 것이다.

녹음실을 빌리려면 빌릴 수야 있겠지만, 혹시라도 불법체류 중인 파블로 부자에게 피해가 갈까 걱정되어 내린 결정이다.

"일단 이렇게 사고……."

윤후는 종이를 손에 쥔 채 창밖을 보며 'It's you'를 떠올렸다.

투박한 기타 연주에 공허하면서도 따뜻한 크리스티안의 목소리를 상상하니 절로 미소가 지어졌다.

그러다 문득 처음 본 사람의 노래에 이끌려 해보지도 않은 일을 벌이고 있는 자신의 모습이 신기하게 느껴졌다.

"너 니 돈으로 살 거여? 회사 카드 있는디?"

"괜찮아요. 제가 직접 사고 싶어요."

메모리얼 시티의 쇼핑몰에 도착한 대식은 윤후를 보며 피식 웃었다.

"그랴, 그럼."

생각보다 큰 쇼핑몰을 헤집고 다니다시피 했고, 악기점들이 있는 곳에서야 겨우 윤후가 필요한 목록들을 발견할 수 있었다.

조사할 때보다 훨씬 싼 가격에 필요한 것만 모아놓은 세트였다.

"33달러면 얼마 안 허네."

리미티드 에디션이기는 하지만 정식 시퀀서 프로그램까지 포함된 홈 레코딩 세트로 된 가격이었다.

완벽하게 녹음할 생각이 아니었다.

그저 들을 수 있는 음악을 제작하기 위해서이기에 윤후도 내심 만족했다.

그리고 홈 레코딩 세트 가격보다 세 배는 비싼 마이크까지 구매했다.

목록에 적은 것들을 다시 확인하고서 휴대폰을 꺼내 들었다.

당장 확인은 불가능하다는 것을 알지만, 연락할 수단이 이것뿐이기에 파블로에게 메시지를 보냈다.

　　　　*　　　　　*　　　　　*

　저녁이 될 때까지 라온 엔터 1층 사무실에 있던 김 대표
는 전화를 받고 있는 최 팀장에게서 시선을 떼지 못했다.

　최 팀장은 이종락보다 훨씬 능숙한 영어를 구사하며 자연
스럽게 통화하고 있었다.

　김 대표는 그런 최 팀장이 전화를 끊기만을 기다렸고, 마
침내 최 팀장이 전화기를 내려놓았다.

　"뭐래? MFB에서 왜 전화했대? 윤후가 사고 쳤대?"

　"아닙니다."

　"그럼?"

　"저도 이런 경우는 처음이라… 윤후를 이번 마크 그레이
스가 제작 중인 영화음악 팀에 합류시키고 싶답니다. 잠시
뒤 메일로 자료 보낸다고 했으니까 기다려 보시죠."

　김 대표는 말이 끝나기 무섭게 기쁜 얼굴로 주먹을 불끈
쥐었지만 이내 힘없이 풀어버렸다.

　윤후의 모든 이야기를 듣고 난 뒤 자신이 직접 준비한 미
국행이다.

　세계적인 거장인 마크 그레이스라면 누구라도 참여하길
원할 것이다.

어떤 식으로 참여를 원하는지는 모르지만, 윤후에게는 그 것보다 소중한 다른 것이 있었다.

정훈에게 모든 것을 듣고 비로소 윤후의 행동을 이해한 김 대표는 입맛을 다시며 고개를 저었다.

"정중하게 못 한다고 해."

"네?"

"걔가 어디 사람들하고 부딪칠 애야?"

"그래도… 마크 그레이스면 홍보하기도 좋고 윤후도 좀 더 음악적으로 인정받을 수 있을 텐데요?"

"에이, 됐어. 못 한다고 그래. 괜히 윤후한테 말 꺼내지 말 고. 애 머리 복잡하게."

최 팀장 역시 아쉽지만 김 대표라면 언제나 그랬듯이 자신 이 알지 못하는 다른 생각이 있을 것이라고 생각하며 고개 를 끄덕거렸다.

한편, 별다른 생각이 없던 김 대표는 윤후에게 전화를 걸 었다.

대식과 통화는 했지만 미국에 간 윤후의 목소리나 들으려 던 것이다. 그런데 전화기 너머로 다급한 윤후의 목소리가 들려왔다.

─헬로우? 헬로우?

"뭐? 헬로우? 이거 미국 놈 다 됐네, 다 됐어."

―대표님이셨어요?

"뭐야? 내 목소리 듣고 기운 빠지는 거 같은데? 이 자식 이거 웃긴 놈이야."

김 대표는 갑자기 힘이 빠진 윤후의 목소리에 괜히 툴툴거렸다.

"뭐 하고 있었어? 밥은 먹었어?"

―아직이요. 녹음 준비 중이에요.

"…음? 무슨 녹음? 너 지금 어딘데?"

―집이요.

김 대표는 전혀 이해할 수 없는 윤후의 말에 고개를 갸우뚱거렸다.

힘이 빠진 목소리며 무슨 녹음을 한다는 건지 알아듣지 못할 때, 전화 너머로 초인종 소리가 들려왔다.

"누구 왔어? 대식이 어디 나갔……."

―나중에 전화할게요.

뚝.

김 대표는 끊긴 전화를 보며 어이가 없다는 듯 헛웃음을 흘렸다.

*   *   *

비록 방음 부스도 아니고 방음 처리도 되어 있지 않았지만 그 외에는 충분히 녹음이 가능하도록 준비하고 있었다.

3일이 지났지만 연락이라고는 지금 통화 중인 김 대표가 다였다.

윤후는 통화를 하며 녹음 장비들을 둘러봤다.

제임스, 딘, 배성철까지 찾아다닐 시간을 버려가며 한 노력이 수포로 돌아갈 것 같았다.

녹음만 한다면 녹음실을 운영하는 레이블이 상당히 많기에 데모 CD를 돌리는 건 일도 아니었다.

단 노래를 들어보는 것은 레이블 자신들의 판단이지만.

이미 파블로가 얘기한 대로 저작권에 대한 문제도 없었기에 자신은 그저 자리를 잡는 데 약간의 도움을 주고 싶을 뿐이다.

그런데 연락이 오지 않고 있었다.

자신에게도 지금 시간이 없기에 그만 포기를 해야 하나 싶을 때 초인종 소리가 들려왔다.

윤후는 전화를 끊고 현관문을 열었다. 연락한 지 3일이 지나서야 만날 수 있었다.

*   *   *

"들어와요."

"후!"

못 본 며칠 사이 파블로는 윤후에 대해 조사했는지 윤후를 보자마자 반갑게 포옹했다.

윤후도 경계심 없는 파블로의 모습을 기쁘게 맞이하며 파블로 부자를 집 안으로 안내했다.

"후, 한국에서 엄청 유명한 가수라면서요?"

"엄청은 아니고요."

"이야, 신기하다."

크리스티안도 얘기를 들었는지 처음 만났을 때와 달리 조심스러워했다. 그런 아빠의 모습을 본 파블로가 대신 입을 열었다.

"왜 도와주려고 하는지 물어봐도 돼요?"

"좋으니까요."

"그거 말고요, 진짜 이유."

"정말 좋아서요. 내가 불러도 살리지 못하는 느낌을 듣고 싶어요."

파블로는 아빠에 대한 칭찬이 기분 좋은지 크리스티안에게 신이 난 얼굴로 통역을 했다.

그러고는 윤후를 쳐다보며 물었다.

"어떻게 도와줄 건데요?"

"흠. 녹음해서 직접 레이블에 돌릴 생각이에요."

"그건 싫어요. 이미 해봤어요. 처음에는 곡을 뺏으려다가 이미 등록해 놓은 거 알고는 팔라고 그러고……."

"제가 직접 돌릴 생각이에요. 한국의 가수라고 소개하고."

"정말 왜 그렇게… 도와주시는데요?"

윤후가 무표정한 얼굴로 좋다고 말해서인지 파블로는 쉽게 믿지 않았다.

윤후는 어떻게 해야 하나 고민하다가 크리스티안이 들고 온 기타를 가리켰다.

"미안한데, 잠깐 빌려줄래요?"

윤후는 기타를 건네받아 연주를 시작했다. 크리스티안의 곡인 'It's you' 바로 그 곡이었다.

"어? 이거……."

비록 노래를 부르지 않고 있지만 자신과 비교할 수 없는 기타 실력에 크리스티안은 침을 꿀꺽 삼켰다.

가사가 없음에도 앞 벌스의 공허함이 너무나 자연스럽게 표현되고 있었다. 크리스티안은 지금 들리는 연주에 맞춰 당장에라도 부르고 싶었다.

그때 윤후가 기타를 내려놓았고, 크리스티안은 다급하게 입을 열었지만 알아듣지 못하자 파블로가 통역을 해주었다.

"아빠가 직접 연주해 줄 거냐고 물어보는데요?"

"오늘 녹음만이요."

"그럼… 나중에는요?"

"직접 해야죠."

파블로가 통역을 해주자 크리스티안은 곤란한 얼굴로 고개를 저었다.

그 모습을 본 윤후는 어깨를 으쓱거리며 입을 열었다.

"내가 잘 알려줄게요. 한국에서도 몇 번 알려준 적이 있어요."

윤후의 말에 제대로 알아듣지도 못하는 크리스티안이 왜인지 몸을 떨었다.

*   *   *

콜린 포드는 울리는 전화를 가만히 내려다보며 인상을 썼다.

마크는 촬영장에 있는 게 분명한데 쉴 새 없이 전화를 하고 있었다.

원인인 윤후를 떠올리며 인상을 썼다.

먼저 연락을 해왔고, 그렇다면 급하거나 중요한 것이 분명했기에 찔러봤을 뿐인데 일이 생각보다 번거로워졌다.

후의 매니지먼트인 라온에 직원이 연락을 했지만 돌아온

답은 현재로서는 참여하기 어렵다는 말이었다.

"아, 뭐 이런 녀석이 다 있어?"

솔직히 콜린이 생각하기에는 음악 팀에 윤후가 있어도 그만, 없어도 그만이었다.

이미 에이전시에서 관리하는 영화음악 팀도 있었다. 게다가 그 팀은 벌써 시나리오를 먼저 보고 사전 작업을 하는 중이었다.

게다가 관리하는 음반사만 해도 50여 곳이 넘고 있기에 전혀 문제될 것이 없었다. 지금 전화를 미친 듯이 해대는 마크만 뺀다면.

평소대로 매니지먼트에 먼저 연락을 했다면 어땠을까 하는 생각을 하며 한숨을 내쉬었다. 그러고는 마크의 전화를 받았다.

─콜린, 어떻게 됐어?

"아, 얘기 중이야. 잘될 것 같아."

─그래? 하하! 미국이면 당장 만날 수 있겠다!

"…마크, 진정 좀 하고. 넌 촬영 중이잖아. 가도 내가 가야지."

─이제 마무리야. 나 벌써 두근댄다. 내 영화에 어떤 음악이 깔릴지. 고마워, 콜린!

전화를 끊은 콜린은 벌써부터 머리가 아파왔다.

한국에 있는 후의 매니지먼트와도 얘기해야 했고, 또다시 미국으로 와서 미국에 있는 후와도 얘기해야 했다.

가뜩이나 번거로운데 만약 섭외를 못 한다면 마크가 어디로 튈지 알 수 없었다.

한 곡만이라도, 아니, 한 장면만이라도 참여해 달라고 사정해야 할 판이다.

미국에 있는 것을 몰랐다면 여유롭게 내년이나 한국을 갈 예정이었는데 윤후가 미국에 있는 것을 마크가 안 것이 최대 실수였다.

콜린은 고개를 흔들고는 인터폰을 눌러 비서를 찾았다.

"수잔, 해외 섭외 팀한테 회의하자고 말 좀 해줘. 30분 뒤에 내려간다고."

$*$ $*$ $*$

삼 일 뒤.

라온 엔터가 아닌 호텔 커피숍으로 향하는 김 대표는 긴장한 얼굴이었다.

"야, 넌 다크서클 좀 어떻게 하고 오지."

"대표님도 애들 맡아봐요. 나한테 인디 애들 다 맡겨놓고."

"최 팀장 좀 봐라. 얼마나 말끔해."

김 대표의 곁에는 퀭한 얼굴의 이종락과 그에 대조되어 보이는 최장훈이 함께하고 있었다.

"바빠 죽겠는데 뭐 하러 한국까지 찾아온 거야?"

"그거야 대표님이 윤후를 그만큼 잘 매니지 했다는 뜻 아니겠습니까?"

"하하, 그렇지? 그나저나 이름이 뭐라고 그랬지?"

호텔 커피숍에 들어서자 최 팀장이 직원에게 약속한 사람의 이름을 말했고, 일행은 웨이트리스의 뒤를 따랐다.

그리고 안내를 받은 곳에는 이쪽과 마찬가지로 세 사람이 앉아 있었다.

*　　　　*　　　　*

"하이, 나이스 투 밋 츄!"

김 대표가 악수하며 준비한 인사를 건네자 상대방 중 한 명이 웃으며 말했다.

"안녕하세요. MFB 에이전시의 팀 콜린스라고 합니다."

상당히 유창한 한국어에 김 대표는 살짝 놀랐지만 오히려 잘되었다 생각하며 미소를 보였다.

한국어를 할 수 있는 사람이 있어서인지 대화는 쉽게 이어졌다.

한국에 대한 소감 등 대수롭지 않은 얘기가 오가다 보니 김 대표는 한결 편해진 얼굴이었다.

잠시 뒤 윤후에 대한 얘기가 나오기 시작하면서 MFB 에이전시의 콜린스가 본격적으로 입을 열기 시작했다.

"후 씨를 이번에 저희 마크 그레이스 감독이 하는 영화음악 팀에 꼭 섭외했으면 합니다. 일단 저희가 준비한 조건을 먼저 보시죠."

콜린스가 내민 서류가 영어로 된 터라 김 대표는 자연스럽게 최 팀장에게 넘겼고, 그 모습을 본 콜린스가 미소를 지으며 설명하기 시작했다.

"기존 곡이 아닌 영화에 사용될 배경음악 및 주제곡을 부탁드리려 합니다. 작업은 한국에서 하시게 될 경우 유출에 대한 우려가 있어서 저희 에이전시에서 마련된 장소에서만 작업이 가능하십니다. 지금 미국에 계신 걸로 알고 있는데, 미국에서 작업하시더라도 저희가 직접 쾌적한 장소를 마련해 드립니다. 그리고 무엇보다 다른 경우와 달리 곡당 사용료를 지급하는 형식을 취하고 있습니다."

김 대표는 그러려니 하며 설명을 듣고 있었다.

가뜩이나 연말이라 바쁜 와중이었고, 이미 윤후에게 부담을 주지 않으려 마음먹고 온 자리였다.

그렇기에 거절까지 했건만 한국까지 찾아온 성의 때문에

자리하고 있었다.

그때, 서류를 보던 최 팀장이 고개를 들었다.

"윤후가 메인 작곡가입니까?"

"아, 그렇진 않습니다. 음악 감독은 '라이온' 때부터 맡아주신 분이 계십니다. 팀은 이미 시나리오를 읽은 뒤부터 작업 중입니다. 후 씨는 마크 그레이스 감독님이 직접 원하셨기에 프로듀서 팀도 받아들였습니다. 후 씨만 참여하신다면 내부적으로 아무런 문제가 없습니다. 그래서 저희도 이렇게 찾아뵌 것이고요."

"후가 음대나 클래식을 전공하지 않은 건 알고 계십니까?"

"그게 문제가 되나요? 클래식이 필요하면 클래식으로 편곡하는 분과 함께하면 됩니다."

영화음악을 해보지도 않은 윤후에게 작곡가 자리를 맡기는 것도 이상한데 계약 내용도 이상했다. 메인 신에 들어가는 테마곡, 정확히 말하자면 엔딩곡 한 곡에 대한 내용뿐이었다. 최 팀장은 쉽게 믿어지지 않았다. 김 대표는 읽지도 못하는 서류를 보며 최 팀장에게 물었다.

"왜? 어디가 이상해?"

"아, 대표님, 여기 한번 보시죠. 총제작비가 9,000만 달러입니다."

"뭐가? 이게 뭔데?"

9,000만 달러면 천억에서 조금 벗어난 금액이다.

한국에서 역대 최고 제작비가 들어간 '설국열차'가 450억이 조금 안 되었다.

해외의 유명 배우들의 출연료도 상당히 저렴했기에 가능한 금액이긴 했지만 그것만으로도 한국에서는 큰 이슈였고, 기대작이었다. 그런데 지금 보이는 금액은 무려 그 두 배가 넘고 있었다.

그리고 최 팀장이 손가락으로 가리키며 김 대표에게 조용하게 말했다.

"음악 팀에 할당되는 금액은 24억입니다. 기존 곡이 아닌 새로운 곡일 경우 후에게 돌아가는 금액이 5억이고요. 음악 감독도 아닌데 이 정도면 상당한 금액입니다."

"그래? 일정은?"

"내년 1월 말까지 작업 완료를 원하고 있습니다. 이미 음악 팀은 작업 중인 거 같습니다."

최 팀장은 상당히 큰 금액임에도 대수롭지 않게 여기는 김 대표가 의아했다.

세계적인 명장의 영화에 참여하게 된다면 그야말로 세계적으로 인정받을 기회였기에 아쉬워야 하건만 뚱한 얼굴이었다.

"일단 물어는 보지, 뭐. 근데 아마 안 한다고 할 거야."

"그거야 윤후가 대표님을 잘 따르니 대표님이 구슬리면……."

김 대표는 피식 웃었다. 잘 따른다기보다 잘 속는다고 하는 것이 옳았다. 김 대표는 조용하게 최 팀장에게 말했다.

"좀 쉬게 내버려 둬. 지가 하고 싶다고 하면 하라고 하고."

그러고 난 뒤 김 대표는 다시 미소가 가득한 얼굴로 콜린스를 쳐다봤다.

"잘 모르시겠지만 윤후가 한국에서 많은 일이 있어서 지금 휴식 중이거든요."

"알고 있습니다."

"네. 아신다니 말하기 편하겠네요. 건강상 문제도 있고… 그래서 지금 당장 저희 쪽에서 확답을 드리기 어렵습니다. 일정이 너무 빠듯해요."

콜린스는 난감한 얼굴로 오가는 대화를 일행에게 설명했고, 나머지 둘도 콜린스와 마찬가지로 난감한 얼굴로 변했다.

*　　　*　　　*

일주일 전 한국에 간 직원의 보고를 받은 콜린도 무척이나 난감한 표정이었다.

양쪽 다 서로에게 물어보겠다고만 했다. 가수는 회사에게, 회사는 가수에게.

안 그래도 복잡한 머리를 쉴 새 없이 울리는 휴대전화 소리가 더 복잡하게 만들었다.

"얘기 중이라고, 마크. 조금만 기다려 주면 안 돼?"

―하하, 그거 때문에 전화한 거 아니야.

"그럼 뭔데?"

―내일 촬영 마무리야. 내일모레 파티 안 잊었지? 다섯 시부터니까 늦지 않게 와.

마크의 말에 더욱 불안해졌다. 촬영이 끝났고, 영상을 편집하면 할수록 닦달할 것이 분명했다.

어디로 튈지 모르는 마크의 성격상 원하는 대로 윤후를 섭외하지 못한다면 어떻게 나올지 상상도 안 됐고 상상하기도 싫었다.

콜린은 인상을 쓰고 입을 열었다.

"미안한데 나 바빠서 못 가."

―왜? 투자자들 오고 제작사에서도 오는데.

"후 만나러 갈 거야. 그러니까 못 가도 이해해."

―그 이유면 뭐, 그래, 알았어. 그럼 조심히 잘 다녀와.

신이 난 목소리로 전화를 끊는 마크였고, 그 목소리에 더욱 부담감을 느끼는 콜린이었다.

"아, 내가 왜 부탁을 안 들어줬을까."

＊　　　　　＊　　　　　＊

휴스턴 앨다인을 벗어나 메모리얼 시티로 돌아오는 윤후의 표정은 좋지 않았다.

크리스티안의 녹음은 열악한 환경임에도 불구하고 상당히 잘 마무리가 되었다.

직접 수십 장의 데모 CD까지 준비했고, JB 스튜디오를 찾아 이동 중에 레이블 및 음반사를 들러 직접 데모 CD를 건넸다. 하지만 반응이 거의 비슷했다.

직접 뮤지션이 찾아와 오디션을 보라거나, 아니면 아예 대응하지 않는 곳도 상당했다.

간혹 데모 CD를 들어보는 레이블도 있었지만, 자신들의 레이블 색과 다르다며 거절하기 일쑤였다.

확실히 한국의 음반 시장과는 다른 느낌이었다. 한국에서도 기획사의 색이란 게 존재했지만, 여러 장르 속에 자신들의 음악적 색을 입힐 뿐이지 미국처럼 한 가지 장르만 고집하지 않았다.

게다가 이제는 휴스턴의 녹음실과 레이블 및 음반사를 거의 다 돌아다닌 듯했기에 걱정이 앞섰다.

잘 풀리지 않는 통에 윤후는 파블로 부자가 불법체류자 신분만 아니라면 좀 더 수월하지 않았을까 하는 생각이 들었다.

"뭐, 한국이랑 똑같을 줄 알았던 겨?"

대식의 말처럼 한국의 가수라고 소개도 했지만 그저 신기하게 쳐다볼 뿐 그게 다였다.

K팝이 열풍을 불고 있다고 해도 아직까지는 일부에 불과했다.

'어때?'를 제외하곤 대부분 차분한 음악이었고, 미국에서 그나마 유행 중인 K팝은 댄스 아니면 힙합이었다.

"더 열심히 혀. 그럼 돼는 겨."

"알았어요."

대식은 윤후를 보고 피식 웃으며 아침에 걸려온 전화에 대해 물었다.

"근데 말이여, 아까 그 양반은 왜 여까정 온다는 겨?"

"할 말 있다고 하더라고요. 영화음악 때문에 온다는 거 같아요."

"참 한국이나 양키 놈들이나 이짝 일하는 넘들은 똑같여. 워찌 그리 질긴지 몰러. 안 그랴?"

윤후도 동의한다는 듯 고개를 끄덕거렸다. 그리고 차는 어느새 집 앞에 도착했다.

"뭐여, 저 차는? 혹시 그 뚱땡이 양반인가?"

윤후가 차에서 내리자 잠시 뒤 집 앞에 주차된 차에서 사람들이 내렸다.

그중 한 번뿐이 마주치지 않았지만, 뚱뚱한 외모의 사람을 보고는 단번에 콜린임을 알 수 있었다.

*　　　　　*　　　　　*

"오, 후! 반가워요!"

"안녕하세요."

윤후는 고개를 숙여 한국식 인사를 하고 집 안으로 안내했다.

거실에 녹음 장비부터 해서 데모 CD를 만드느라 케이스들이 너저분하게 널려 있었고, 대식과 윤후는 주섬주섬 정리하고서 콜린을 안내했다.

"여기서 무슨 녹음을 했나 보네요?"

"네."

대식이 콜린과 그 일행에게 음료를 내왔고, 입술을 가볍게 적신 콜린이 윤후에게 미소를 보냈다.

"쉬러 오셨다고 들었는데, 여기에서까지 음악을 놓지 않는 모습 보기 좋군요."

"흠. 제 노래 아니에요."

"아! 저번에 말씀하신 그분?"

"네."

"제가 들어볼 수 있을까요?"

윤후는 콜린을 가만히 쳐다봤다. 갑자기 이곳까지 찾아와서 이러는 이유를 짐작하기 어려웠다. 김 대표에게 하도 당해서인지 의심부터 하게 됐다.

"저 영화음악 안 할 건데요?"

"하하, 뭐… 일단 들어보고 싶어서 그럽니다."

어색하게 웃는 콜린이었고, 윤후는 어차피 데모 CD를 돌리는 차였기에 컴퓨터로 'It's you'를 재생시켰다.

"오, 확실히 기타 연주가 살아 있네요. 기타 연주만 들어도 탐이 날 정도입니다."

"기타는 제가 친 거예요."

"아, 네. 그렇군요."

윤후는 노래에 전혀 집중을 못하는 콜린의 모습에 일어서서 노래를 껐다. 그러고는 소파에 앉으며 정중하게 입을 열었다.

"여기까지 찾아오셨는데 죄송해요. 제가 지금 영화음악을 할 시간이 없어요."

"아, 하하! 뭐 오늘은 후 씨 얼굴이나 보러 왔을 뿐입니다."

비행기를 세 시간이나 타고 뉴욕에서 휴스턴으로 넘어온 사람이 할 얘기는 아니었다.

그다지 친분이 있는 사이가 아니라 서먹서먹한 분위기가 흐를 때, 옆에 있던 대식이 입을 열었다.

"그거나 물어봐. 저 양반도 이짝 일 허는 사람 아니여."

"아……."

"내가 댕기기 싫어서 그런 건 아니여."

상당히 많은 녹음실을 찾아다녔지만 발견할 수 없었기에 윤후는 혹시나 하는 마음으로 콜린을 쳐다봤다.

"혹시 휴스턴에 있는 녹음실 잘 아세요?"

"많이는 아니지만 몇 군데 알고 있죠."

"그럼… 혹시 JB 스튜디오라고 아세요?"

윤후의 말에 콜린이 깜짝 놀랐다. 그러고는 자세를 고쳐 잡고서 윤후를 빤히 쳐다봤다.

"JB 스튜디오?"

"네."

"음, 우리 스튜디오가 한때 JB를 쓰긴 했는데……."

윤후는 흠칫 놀라긴 했지만 이내 고개를 저었다.

분명 아빠 정훈에게 휴스턴을 벗어난 적이 없다고 들었다. 기타 할배와 백수 아저씨의 경우로 보아 분명히 만난 적이 있을 것이다. 이 휴스턴 안에서.

"뉴욕 말고요. 휴스턴 안에서는 모르시나요?"

"한번 알아봐 줄까요? 내가 그 정도는 쉽게 알 것 같은데. 하하!"

콜린은 이때다 싶었는지 미소를 띠며 윤후를 쳐다봤다. 윤후가 말한 JB 스튜디오를 찾는 것은 자신으로서는 굉장히 쉬운 일이었다.

녹음 음반 협회인 'RIAA' 소속이기도 하고 원래 그런 스튜디오를 찾는 것은 일도 아니었다.

"제가 지금 찾아보도록 할게요. 휴스턴에 있는 JB 스튜디오!"

콜린은 옆에 있는 남자에게 눈짓을 보냈다. 그러자 남자가 고개를 끄덕이고 밖으로 나가려 할 때였다.

"10년 전에는 확실히 JB였는데 지금은 정확하지 않아요. 그리고 JB 스튜디오에서 배성철이라는 사람이 있었는지 알고 싶어요."

윤후의 말이 끝나기 무섭게 앞에 있던 콜린의 몸이 부르르 떨렸다. 자신이 잘못 들었다고 생각했는지 귀를 후비며 떨리는 목소리로 물었다.

"다, 다시… 말해줄래요? 누구라고요?"

"배성철이요."

"JB 스튜디오… 소… 속 배성… 철?"

"네."

"오 마이… 갓!"

콜린은 입을 벌리고 윤후를 뚫어져라 쳐다봤다.

『여섯 영혼의 노래, 그리고 가수』 6권에 계속…

초대형 24시 만화방

신간 100%, 샤워실, 흡연실, 수면실(침대석), 커플석, 세탁기 완비

■ 광명 광명사거리역점 ■

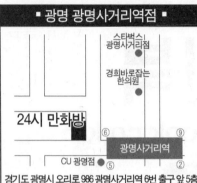

경기도 광명시 오리로 986 광명사거리역 6번 출구 앞 5층
02) 2625-9940 (솔목타워 5층)

■ 강북 노원역점 ■

운전면허 시험장
4호선 노원역
롯데백화점
24시 만화방
순복음 교회

서울 노원구 상계동 340-6 노원역 1번 출구 앞 3층
02) 951-8324 (화용빌딩 3층)

■ 일산 정발산역점 ■

경찰서
정발산역
제2 공영주차장
롯데백화점
24시 만화방
E C A
라페스타
F D B

라페스타 E동 건너편 먹자골목 내 객잔건물 5층
031) 914-1957

■ 일산 화정역점 ■

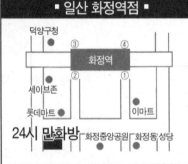

경기도 고양시 덕양구 화정동 984번지 서일빌딩 7층
031) 979-4874 (서일사우나 건물 7층)

■ 부천 역곡역점 ■

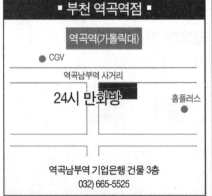

역곡남부역 기업은행 건물 3층
032) 665-5525

■ 부평역점 ■

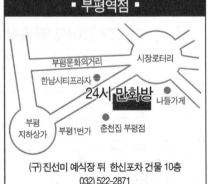

(구) 진선미 예식장 뒤 한신포차 건물 10층
032) 522-2871

FUSION FANTASTIC STORY
임영기 장편소설

상남자 스타일

의뢰 성공률 100%를 자랑하는 만능술사 '골드핑거' 강선우.
사실 그에겐 말 못 할 비밀이 있는데……

바로 신족의 가문 '신강가(神姜家)'와
다국적 기업 '스포그(SFOG)'의 도련님이라는 사실!

"내가 만능술사를 하는 이유는
세상을 이롭게 하기 위해서야."

돈이면 돈, 권력이면 권력, 능력이면 능력.
모든 것을 다 가진 그가 해결 못 할 의뢰는 없다!
지금 전 세계가 그의 행보에 주목한다!

이경영 판타지 장편소설

FANTASY FRONTIER SPIRIT

그라니트

용들의 땅

GRANITE

사고로 위장된 사건에 의해 동료를 모두 잃고 서로를 만나게 된 '치프'와 '데스디아'.
사건의 이면에 상식을 벗어난 음모가 있음을 알게 된 둘은
동료들의 죽음을 가슴에 새긴 채 각자의 고향으로 돌아간다.
2년 후, 뜻하지 않게 다시 만난 두 사람은 동료들의 복수를 위해
개척용역회사 '그라니트 용역'을 설립해 다시금 그 땅을 찾게 되는데……

용들이 지배하는 땅 그라니트!
그곳에서 펼쳐지는 고대로부터 이어지는 운명적 만남,
깊어지는 오해, 그리고 채워지는 상처.

『가즈 나이트』시리즈 이경영 작가의 미래형 판타지 신작!

Book Publishing CHUNGEORAM

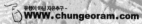